孟繁华　主编

U0638436

年百部扁正典

祸起萧墙
水运宪

李双双小传
李准

北方联合出版传媒(集团)股份有限公司
春风文艺出版社
·沈阳·

的基本性质。因此，百年来，中篇小说成为各种文学文体的中坚力量并塑造了自己纯粹的文学品质。中篇小说因此构成百年文学的奇特景观，使文学即便在惊慌失措的"文化乱世"中也取得了令人瞩目的艺术成就，这在百年中国的文化语境中不能不说是一个奇迹。作家在诚实地寻找文学性的同时，也没有影响他们对现实事务介入的诚恳和热情。无论如何，百年中篇小说代表了百年中国文学的高端水平，它所表达的不同阶段的理想、追求、焦虑、矛盾、彷徨和不确定性，都密切地联系着百年中国的社会生活和心理经验。于是，一个文体就这样和百年中国建立了如影随形的镜像关系。它的全部经验已经成为我们最重要的文学财富。

编选百年中篇小说选本，是我多年的一个愿望。我曾为此做了多年准备。这个选本2012年已经编好，其间辗转多家出版社，有的甚至申报了国家重点出版基金，但都未能实现。现在，春风文艺出版社接受并付诸出版，我的兴奋和感动可想而知。我要感谢单瑛琪社长和责任编辑姚宏越先生，与他们的合作是如此顺利和愉快。

入选的作品，在我看来无疑是百年中国最优秀的中篇小说。但"诗无达诂"，文学史家或选家一定有不同看法，这是非常正常的。感谢入选作家为中国文学付出的努力和带来的光荣。需要说明的是，由于版权和其他原因，部分重要或著名的中篇小说没有进入这个选本，这是非常遗憾的。可以弥补和自慰的是，这些作品在其他选本或该作家的文集中都可以读到。在做出说明的同时，我也理应向读者表达我的歉意。编选方面的各种问题和不足，也诚恳地希望听到批评指正。

是为序。

2017年10月20日于北京

目　录

李双双小传

李 准

一

李双双是我们人民公社孙庄大队孙喜旺的爱人,今年有二十六七岁年纪。在人民公社化和"大跃进"以前,村里很少有人知道她叫"双双",因为她年纪轻轻的就拉扯了两三个孩子。在高级社的时候,很少能上地里做几回活,逢着麦秋忙天,就是做上几十个劳动日,也都上在喜旺的工折上。村里街坊邻居,老一辈人提起她,都管她叫"喜旺家",或者"喜旺媳妇";年轻人只管她叫"喜旺嫂子"。至于喜旺本人,前些年在人前提起她,就只说"俺那个屋里人",近几年双双有了小孩子,他改叫作"俺小菊她妈"。另外,他还有个不大好听的叫法,那就是"俺做饭的"。

双双这个名字既然被这么多的名称代替着,自然很难有露面的时候,可是什么事情都有变的时候,一九五八年春天"大跃进"，却把双双这个名字给"跃"出来了。她这个名字，不单是跃到全公社，又跃到县报上、省报上。李双双这个名字被人响亮亮地叫起来了。不过话还得说回来，她这个名字头一次出现在人们面前，还是在一九五八年春节后，孙庄群众鸣放会上的一张大字报上。故事也还得从那个时候说起。

一九五八年开春，全乡群众打破常规过春节，发动起来一个轰轰烈烈向水利化进军的高潮。孙庄的男女青年们，都扛着大旗、敲着锣鼓上黑山头修水库去了，村子里剩下的劳力，也都忙着积肥送粪，耙春地，下红薯秧苗，可是终因劳力缺少，麦田管理怎么也顾不过来。

这时候，社里党支部发动群众鸣放讨论这个事，要大家想办法解决。社里开了个动员会，第一天，大字报就在街上贴满了。这天，乡里党委书记罗书林同志来孙庄，他和社里老支书老进叔，看着一街两行房山墙上贴的红红绿绿的大字报。就在这时候，他们被一张大字报吸引住了。

这张大字报的字写得很大，字迹写得有点儿歪歪扭扭，可是上边的事却写得格外新鲜。上边写的是：

> 家务事，
>
> 真心焦，
>
> 有干劲，
>
> 鼓不了！
>
> 整天围着锅台转，
>
> 跃进计划咋实现？
>
> 只要能把食堂办，

敢和他们男人来挑战。

"妇女能顶半个天"。

这一张大字报贴出来不要紧，可把罗书记喜欢透了。他念了一遍又一遍，拍着老进叔的肩膀头说："嘿，老伙计，这可有了办法了。这一张大字报重要得很！要是能把家庭妇女解放出来，咱们这个'大跃进'可就长上翅膀了！"他接着就打听这个李双双是谁家的。

老进叔想了想说："如今这些年轻媳妇，我都还安不清位，这都是不常开会那一号。"

罗书记说："你打听打听，这个人可要好好培养。能想出来这一条就不简单，有股子冲劲儿！"

提到"冲劲儿"，老进叔说："这么说来，兴许是喜旺媳妇。"

罗书记说："怎见得是她？"老进叔说："那个小媳妇可能拿得出来了！去年大辩论时候，上到台子上发言的就是她。就是平常开会少一点儿。前两天，我见她跟喜旺还干仗哩！"

两个人正谈论着，树影儿已经正了，地里的人也都回来了，围着过来看大字报。老支书就问他们："这个李双双是不是喜旺媳妇？"有人说"是"，也有人说"不是"。

有人说："这就是喜旺家写的，去年冬天扫盲上民校时候，她报的名字就叫李双双。"

还有人说："那个媳妇利利索索的，读书心眼可灵了，她能写出这几个字。"

大伙正在议论，恰巧喜旺推着小车从地里回来了，喜旺有三十四五岁年纪，比双双大着七八岁。他原来也是个贫苦出身，新中国成立前在镇上饭馆里当过两年小学徒，后来因为端菜打破了两个八寸瓷盘，怕挨掌柜的打，就偷跑到外边，跟在吹鼓手班子里讨了两年饭，一直到新中国成立后，才回到村里。

大伙看见喜旺，就叫着他问："喜旺，你看这是谁写的大字报，是不是您小菊她妈？"

喜旺听说双双贴了大字报，先吓了一跳。他忖着："这个'出马一条枪'的货，该不是把前天和我吵嘴的事儿掀出来了吧！"他又见乡里罗书记和老支书都在这里看着那张大字报，更是不能承应。他哼着哈着走到那张大字报跟前先念了念，心里一块石头才算落了地，又听见罗书记说："写得好！这张大字报写得真好！"他才慢慢吞吞地说："就是俺做饭的写的。"

喜旺话音一落地，大家哄的一声笑起来。喜旺听着别人笑，还只当是别人笑他吹牛，急忙证实着说："你们不信哪！真是俺小菊她妈写的。她就叫李双双，她会写字呀！她不光在这里贴大字报，平常写的小字条，把我们那个屋子都贴满了。"他这么一说，大家笑得更厉害，罗书记笑着问他："平常她写的小字条上都写些什么？"

喜旺红着脸说："女人家，她懂得什么。写的都和这张大字报上差不离，什么：'我真想学习呀，就是没时间。''啥时候我也能不做饭，去参加"大跃进"！'还有什么：'裤子的裤字，去掉一边的衣字，就是水库的库。''人谁精，谁憨，工作多了见人多了就聪明，整天闷在家里就笨。'……可多啦！床头上，窗户纸上贴得都是，我都记不清。反正我那个做饭的，是个有嘴没心'没星秤'的人，你们不用和她一般见识。"喜旺说着就去一把撕掉山墙上双双写的那张大字报，老支书却拦住他说："你这是干啥？人家写的大字报，你怎么就能随便撕。人家这是鸣放啊！"

喜旺听说这是"鸣放"，吓了一跳，又忙吐了唾沫往墙上粘。罗书记打量着他笑着说："喜旺啊！你爱人李双双这张大字报写得好得很，这个建议对咱们全乡'大跃进'要起很大作用。人家不是不懂什么，是懂得很多。你给我吧，我要把这张大字报拿走，乡党委要专门开会研究这个建议。"接着他又拍着他的肩膀说："哎，以后要改改旧习惯了，怎么老叫'俺做饭的''俺做饭的'，人家大字报都贴到你的床头了，还不民主点儿。"

罗书记说罢，把那张大字报取下折起来装在口袋里，和老支书上社里去了。喜旺这时却弄得像个丈二和尚——一时摸不着头脑。

二

喜旺推着空车子往家一路走，一路想着。

他想，别看我这个傻女人，她编两句顺口溜，却连乡里罗书记都看得那样金贵。不过也好险哪！好在她还没有把我们打架那个事儿给亮出来，她要真是写我一张大字报贴在街上，说不定大伙还要和我"辩论"一下。唉，这个直性子女人，以后可真得小心点儿哩。

说起来喜旺和双双前两天打架，还有一段缘由。双双娘家在新中国成立前是个赤贫农户，她在十七岁那年，就嫁给了喜旺。才过门那几年，双双是个黄毛丫头，什么事也不懂，可没断挨喜旺的打。到土改时候，政府又贯彻婚姻法，喜旺才不敢老打了。一则是日子也像样了，害怕双双和他离婚；二则是双双也有了小孩，脾气也大起来。有时候喜旺打她，她就拼着还手打喜旺。喜旺认真地惹了她两次，可是到底也没惹下。村里干部又评他个没理，后来也就干脆把拳头收了起来。可是家里里里外外的事情，还是他一个人当着家。合作化以后，实行男女同工同酬，双双虽然做活少，可也有人家一份。喜旺这时候办个什么事，也得和她商量商量。不过双双孩子多，很少开会，也很少下地。喜旺也乐意自己多做一点儿。照他自己的看法是，这也少找许多麻烦，少生闲气。

喜旺也确实喜欢双双。他喜欢双双那个火辣辣的性子，喜欢她这些年变化得敢说敢笑的爽快劲儿。双双人长得漂亮，又做得一手好针线，干起活来快当利落。前几年纺棉花，粗拉拉的线一天能纺半斤，织起布来一天能织一丈三四。就是这几年孩子多了，喜旺也没断过新鞋穿。秋风凉的时候，孩子们总是能换上干干净净的棉衣服。可是喜旺也有不喜欢她的地方，那就是在他看来，双双嘴太快，爱在街上管闲事、说闲话。因为多管闲事，就断不了要跟一些人吵嘴，有时候还得喜旺出面给人家赔不是。逢到这种时候，喜旺总是恨恨地说着："唉，这女人心眼太灵透了，她少个心眼倒安分了！"

从前年冬天起，村子里扩大民校，双双上民校了。她这时一心一意学文化，和人家吵嘴事情少了，喜旺也乐得安心起来。他想着："这样也好，每天能画两个字，倒把她心给占住了。反正水总得有个渠渠。"

村里各家在前年安有线广播时，喜旺家里也安了一个小喇叭碗。喜旺喜欢听梆子戏，听吹唢呐；双双喜欢听新闻，听报告。两口子一人一段，也不矛盾。可是喜旺却没有料到双双自从学了文化以后，又听广播，又看报纸，倒是越发要闹起"事儿"来，她不但在屋子里贴满小字报，前天还和他干了一架。

打架是在正月初七那天。双双看着青年们都上黑山头水库去了，又听说还要把红石河的水引到村里来，在村东边挖一条大渠，这时她就要求着也要去修渠。

喜旺说："你算了吧，队里又没派你的工。"

双双说："没派我我也要去。我在家憋闷得慌。人家都'大跃进'哩，我就不能走出这个家！"

喜旺说："什么'大跃进'哪，还不是挖土。"双双撇着嘴看了他一眼说："就你的落后话多，我非去不行。"

喜旺拗不过她，只得由她把小孩子寄给邻居四婶，去村东参加修渠了。

双双修了两天渠，脸吹得红扑扑的，话也多了，笑声也响了，可是也更忙了。特别是做三顿饭。每天人家不下工她就得跑回来，忙着烟熏火燎地烧火做饭，可是还没等吃到嘴里，队里就又打上工钟了。

初七那天上午，双双又上工地，她担心自己回来晚，临走时在门上写着：

　　钥匙在老地方。
　　孩子在四婶家。
　　你要先回来，可先把火点上，添上锅，面和和。

可是她回到家里，就看见几个孩子哭着要吃饭。她累得浑身没一点儿劲儿，孩子们又闹着吃饭，急得一心火。她掀开帘子到屋子里一看，喜旺却早回来了，直杠杠地躺在床上吸烟。

双双看了很生气，她说："孩子们哭成这样子，你也不哄哄，你倒清闲!"

喜旺却在床上只是吧嗒吧嗒抽烟，也不吭声。

双双一面从笼里取出两块馍，塞给孩子们，一面洗着手和着面说："你又不是不会做饭，你要回来先把面和好，我回来擀，也省点儿时间。就会躺在床上吸烟。"

喜旺这时却伸着两个指头说："哎! 我就不能给你起这个头。做饭就是屋里人的事。我现在给你做饭，将来还得叫我给你洗尿布哩!"

双双一听这话，心里就窝着火。她说："那你也得看忙闲，我忙成这样子，你就没长眼!"

喜旺说："那是你自找，我可养活不起你啦! 谁叫你去劳动?"

双双正在切面，她把刀往案板上一拍说："将来社里旱田变水田，打的粮食你不用吃!"喜旺说："你说不叫我吃就行了? 将来还得你给我做着吃。"

双双听他这样说，气得眼里直冒火星。她把切面刀啪地一摞说："吃! 你吃不成!"说罢气得坐在门槛上哭起来。

双双在一边哭着，喜旺却装得像个没事人一样。他躺了一会儿，觍着个脸爬起来到案板前看了看切好的那些面条说："这就够我吃了，我自己也会下。"说着就往锅里下起面条来。面条下到锅里，他又找了两瓣蒜捣了捣，还加了点儿醋，打算吃捞面条。

双双在屋里越哭得痛，喜旺把蒜臼越捣得咣咣当当直响。双双看他准备得那样自在，气得直咬牙。她想着："我在这里哭，你在那里吃。你吃不成！"想到这里，就猛地跑过去狠狠地朝着喜旺脊梁捣了两拳。

喜旺挨了两拳，嘴里喊着说："好！你反天了！"他拿着蒜槌扭过身来正要还手，却被双双一把抢了过来，又猛地推了他一掌子，把他一下子推到院子里蹲在地上。

双双把喜旺推蹲在地上，自己却忍不住咯咯地大笑起来。她笑得那样响，把满脸泪花都笑得抖落在地上。

喜旺从地上爬起来正要出气，却被双双上去扭住他说："走！咱们去找老支书说理去！就是不兴你这样，我参加'大跃进'你不愿意，你嫌不舒坦，不美气，故意找我岔子，你这是啥思想！走！"

喜旺本来想狠狠地揍她两下子，可是听双双这么说，自己知道理短。何况今天这个事，又是他故意给双双穿小鞋。因此他也不敢再打她了，更不敢和她同去见老支书。他急忙挣脱两只手，站在大门跟前故意气昂昂地说："你去吧！你前边去，我后边跟着！"

他话虽是这么说，自己却先溜了。出去把门反扣上。

三

两口子闹了这一场，双双又是生气，又是好笑。不过她心里却有了心事，她想着："光是这样闹，也不是常法，得想个法子。"

这天夜里，双双把孩子都哄睡，又把灯拨了拨，一个人坐在窗户前在纳鞋底。她一面纳着鞋底，一面想着心事。正在这时，忽然村东一片火光把她家的窗户纸都映红了。一阵人声喧闹和欢笑，紧跟着是雨点子般的镢头铁锨挖着石头块的响声，一阵阵地传送过来。

双双从窗户洞里往村东看了看，知道这是引红石河的人们在挖渠上工了。灯笼吊了一长行，像一条火龙。在灯笼下边，是一条黑黝黝的人群，镢头和铁锨挥舞着，起落着。石夯重重落下的声音有节奏地响起来，小伙子和姑娘们的清脆夯歌声，像一股潮水一样，一股脑儿向着双双家的窗子里涌进来。

"外边'大跃进'干红了天，我还能叫这个家缠我一辈子！"双双想着，只觉得心里扑棱棱的，脸上热乎乎的，再也无心做活。

正在这时，忽然吱呀一声门开了，走进个人来。双双还只当是喜旺，故意赌气不看他。

"哟！好大的抬神哪！你是瞌睡了吧！"

双双急忙抬头一看，原来进来的是南院长水媳妇桂英，先笑了。她说："我还只当是俺那个主回来了，原来是你呀！"

桂英说："怎么，你还不想理他呀？"

双双说："我十辈子不理他也不想他！"

桂英说："算了吧！你没听人家常言说：'天上下雨地下流，小两口打架不记仇，白天吃的一个锅里饭，晚上枕的一个枕头！'"

双双说："我们就是这一个锅里的饭吃不到一块呀！"

两个人说着都咯咯地笑起来，由于笑得太响，把床上的小孩子也震得翻了个身，她们忙止住了笑。

双双小声问桂英："你孩子们呢？"

"也是才哄睡。"桂英说。

"你怎么不睡？"

"睡不着。你呢？"

双双说："我也睡不着。听说再过几天渠水就要从咱这大门口流过来了。"

桂英说："喜旺嫂子，你说咱这一号可咋办！人家都'大跃进'哩，咱们怎么'大跃进'？前天我们长水上黑山头水库了。我也要去，人家说咱这孩子多的一号不行。我说我去水库上做饭，人家说没人带小孩！"

双双猛地站起来问："水库上成立食堂了？"

桂英说："是呀，前天把大锅大笼都拉去了！"

双双把鞋底一撂说："嘿！他们水库上能成立食堂，咱们村里怎么不能成立食堂？"桂英也拍着手说："是呀！这倒是个办法。"

两个年轻媳妇一高兴，劲头也大了，办法也多了。她们商量着如何办食堂，如何安置小孩，越说越有劲儿，一直说到半夜，还是说不完，双双就拉着桂英，连夜去找老支书。

到了老支书家里，老支书在工地上还没回来，只有进大娘在家里。她们把要求办食堂的事和进大娘说了说。进大娘说："你们想这个办法正是茬口，今天夜里正开会研究挖劳力办法。你们这个办法好，去鸣放鸣放，管保行！"

双双说："怎么'鸣放'啊？"

进大娘说："糊大字报！你们会写字，把你们想的，字写得大大的，尽往街上糊了……"

进大娘说着，双双就拉着桂英说："走！管它三七二十一，咱先写一张糊上再说。"两个人兴致勃勃地走了。

双双回到家里，看见喜旺已睡下了。她又点着了灯，找了张纸，写起大字报来。正写着，喜旺醒了，他看见双双在聚精会神地写着字，就叫着说："喂！睡吧，别熬油了，凭你再写字也考不了个秀才！"

双双却不理他，只管写着，她一直写到东方发白，才编成快板，拿出去贴在大街上。

喜旺怎么也没想到双双写的大字报这么中用。

他推着空小车回到家里后，坐在院子里看着双双只管嘻嘻嘻、嘻嘻嘻地傻笑。笑得双双不耐烦，就冲着他问："你笑什么呀？只管笑，像吃了咕咕鸡的肉了！"

喜旺眯着两只眼说："小菊她妈，你不简单哪！"

"什么简单不简单的，有话你就直说呗，吐半截，咽半截！"

喜旺说："你写的那张大字报，给乡里罗书记看见了。罗书记说你那个顺口溜重要得很，乡党委会要专门开会研究。"

"真的吗？"双双听说后高兴得几乎掉下眼泪。喜旺却接着说："我说你呀，以后可别乱给我捅娄子了！这大字报可不是随便糊的。你懂得什么政策！这食堂是怎么个办法，社里还能开饭馆子？"

双双说："你就记着开饭馆，我们说是办公共食堂。全社各户凡乐意的就把粮食对到一块，选几个好炊事员做饭。像水库上那样，又省人，又省些煤，还能节约粮食。我的好大哥，以后哇，你也别想拿捏我了，我呢，这个煤渣坑也跳到头了！"

喜旺听她这么说，先嘀了两声说："我还不知道你是要插翅膀飞呀！那行不行？七家八户放到一块吃饭。净想鲜点子！乡里要能准了你这张大字报，哼！……"

双双说："那也说不定，真要准了怎么说？"

喜旺说："我头朝下走三圈！"

喜旺话音还没落地，忽然房檐下挂的有线广播小喇叭碗响起来了。

广播说："告诉各社社员们一个好消息，为了解决劳力不足，乡党委根据群众要求，要在孙庄试办一个公共食堂……"

双双听了这几句话，高兴得撒开腿就往街上跑，她跑到大门口，进大娘、四婶、桂英等一群妇女正在向她家拥来。她们都吵着喊着：

"双双！咱们那张大字报顶事了，乡里要咱办食堂了！"

"走，现在咱就去找地方盘炉子！"

"谁会盘炉子呀？"

"现成的人，喜旺嘛！喜旺会盘大吸灶火！"

"借大锅，东头二毛家过去杀牛有一口大锅！"

"俺家有个大水缸！"

"我对一个大风箱！"

"我家还有一把大火钳呢！"

霎时间，喜旺家院子里像赶春会似的挤满了人，这一群妇女吵吵嚷嚷，又是笑，又是闹，把喜旺推推拥拥，找地方盘炉子去了。

四

食堂地址是借在村十字路口南边，富裕中农孙有家的旧东院里。三间北房粉刷得雪白粉亮。屋子靠南墙窗户下，盘了两个八面通大吸灶煤火。煤火上放着两口大白印锅，煤火两厢放着两个牛腰粗大双缸，在房子东头，架起来一块一丈二长八尺宽的大柿木案板。

大件家具都借全了，孙庄农业社的公共食堂就要冒烟了。在院子里，村里一百多户人家集合在这个新食堂院里，在选食堂的炊事员和管理员。

　　开会的时候，老支书说了说乡党委支持大家办食堂的要求，并且要认真试办。最后轮到选炊事员时，大家哄的一声吵开了。

　　双双头一个发言。她涨红着脸提高嗓门喊着说："喂！我提议叫四婶当个炊事员。四婶是个贫农，人也干净，做活也牢靠。再说，都知道四婶心眼也好！"

　　双双刚说完，大伙就赞成着说："四婶算一个！四婶能行。"

　　"人家绝不会抛撒米面。"

　　"可是咱现在都是大锅大笼，还得要个棒实点儿的人哪。"

　　"再选个男人！"

　　喜旺这天也参加会了。他本来只是蹲在一边抽着烟来看热闹，可没想到这时候却有人提他的名字，那是桂英。

　　桂英站起来说："哎，我提个人：喜旺哥，咱们都知道喜旺哥是做菜的高手。人家干过馆子，什么炒菜熘菜都行。可咱们连见都没有见过！大家说行不行?"

　　"行。"大家应和着。还有人说："添上喜旺这个棒劳力连挑水都有了！"

　　"有了喜旺，想吃鸡想吃鱼都不挡把！"

　　"喜旺行，喜旺为人和气。"富裕中农孙有本来不愿意办食堂，可是看大家都这么说，他也在一边应付着。

　　又有人接着说："要是咱这食堂有喜旺这炊事员，就是吃根萝卜菜也会有味。"

　　大家你一句我一句说着，可把双双喜欢坏了。她自从和喜旺结婚以来，还没见过这么多人夸奖喜旺。她想着："这'大跃进'真是把有什么本事的人都用起来了，看他多受大家欢迎啊。"双双想着。可是就在这时候，喜旺站起来发言了。他发言时特别神气。旱烟袋不抽了，从耳朵缝里取出来一支纸烟吸着，先咳嗽了两声才说："刚才大伙都选举我，叫我进食堂，这是看得起我。可是这食堂活我干不了。有人会说你从前在山北白木店大镇上馆子里都干了，还差农村这个食堂！这里边有个因由，这叫不读哪家书，不识哪家字。从前在馆子学徒是分着面案、菜案、流水案。我学的是菜案。你要说蒸个鸡子、烧个鱼，不管清蒸红烧咱不外行，可是蒸馍、做面条，这是面案……"喜旺这一派话还没说完，群众就嚷着说："就是选你这号做菜手嘛！"

"会推磨就会推碾！将来咱们这食堂也要吃鱼吃鸡子，你得往前看哪！"

"水库里鱼都长得一斤多重了！"

双双这时也笑着指着喜旺说："他会蒸馍，也会擀面条。平常在家里他自己做嘴吃可会做了。"

喜旺见双双揭他的底，就睐着眼说："就你长着一张嘴！你什么时候见我做嘴吃？"

双双也不让他，说："前天你还做哩！怎么你就是不会擀面条，不会蒸馍？放着排场不排场，放着光荣不光荣！我就见不得'牵着不走，打着倒退''狗肉不上桌'这号人！"

双双这几句话说得像刀子裁一样，把全场群众都说得哈哈大笑。喜旺挽着袖子还要说什么，老支书说话了。老支书说："办食堂是咱们全体社员的福利，是为咱们生产能更好'大跃进'。大伙既然选住咱，那就是看咱能给大伙服务，也就不用推辞了。"老支书这话虽然说得不多，却句句都是叫喜旺听的。喜旺这人平常虽说有点儿流气，对老支书却是非常尊敬。他红着脸说："要是这样，那我刚才说的不算，'俺做饭的'说那个算就是了！"

他这一句话刚出口，大家又哄的一声笑了，连老支书也笑了。喜旺这时脸涨得鲜红，他搔着头皮想着，忽然感到这个称呼是多么背时！

五

食堂头一顿饭吃的是小米绿豆面条，群众叫作"鲤鱼穿沙"。因为是做头一顿饭，老支书、队长玉顺都亲自下厨房了。炊事员除了喜旺和四婶外，又选了桂英。管理员暂时找不到人，就由孙有家的孩子老大金樵担任。这金樵原是个小学毕业生，后来因为年龄大了，也没考上中学，就在社里劳动。老支书这天一早就到了食堂，一到就先烧了一阵火，然后抓住一副扁担水桶，咕嘟咕嘟地往水缸担起水来。喜旺看着老支书年纪这样大，还来干得这样泼，自己有点儿过意不去。他把几块面擀开以后，交给桂英她们切着，自己夺过老支书的扁担和水桶就去挑水。他一口气挑了三十来担，把两个大水缸挑得弥棱满沿才算不挑。

吃饭的时候，全村的男女老少都来了。双双也带着小菊、小笛、小笙三个小孩子来了。她看着喜旺穿着雪白的工作衣，戴着白帽子，衣服上边还绣着大红字儿。她又看着他忙着给大家打饭收饭票，大家也叫着他找着他，好像他也会说了，会笑了，猛地年轻了十几岁一样。

吃饭时候，双双远远瞟着他只是笑。她故意把面条在碗里挑得大高往嘴里吃着，吃得很香的样子叫喜旺看，意思说，我也吃上你做的饭，好气气他。喜旺看见了只装没看见，把脸朝向一边。

老支书还没吃饭，他挨桌子问着群众，了解对食堂的意见。他去到双双跟前问："双双，这食堂饭好吃不好?"双双笑着说："太好吃了。这多省工夫哇，吃罢饭嘴一抹就走了，只说赶跃进，什么心都不操了!"她说着看了喜旺一眼，喜旺心里说："好，你现在算是熬成人了。"

吃罢饭，喜旺在食堂里洗刷一毕，回到家里，看见双双正在给小笛子、小笙子两个小家伙洗脸、擦粉抹胭脂，换新衣裳往幼儿园里送。他进到屋里也不顾这些，先长长地唉了一声说："他娘的! 真把我使坏了，浑身上下都零散了!"说着往床上咕咚地一放。

双双知道他这个爱表功的脾气，却先不理他，任他在那儿哼啊咳呀漫天地扯。孩子们收拾好了，进大娘来了。她是幼儿园的园长，来领小笛子和小笙子。进大娘把两个小孩领去后，双双这才回来从暖水壶里倒了一杯水，抿着嘴微笑着双手端着放在喜旺跟前。

"老累得慌?"双双轻声问。

"我身上像抽了楔子啦。"喜旺故意装得愁眉苦脸地说。双双又打了一盆洗脸水端过来说："看你那个脸，涂得像个张飞。就这你还吹着你是大馆子出来哩。头一条卫生你就不讲究。现在是'除四害'，要是兴'除五害'呀，连你也除了!"

喜旺翻身坐起来伸着指头说："我挑了四十担水，你去试试!"

双双说："我不用去试。我知道那活有多深多浅。我要是做饭回来，绝不会像你这样哼啊咳呀……"

喜旺洗着脸说："说大话使不着人！你如今算是站到高枝上了。"双双说："哎，那我也没闲着。都是工作嘛！老赵说这炊事员还是重要工作。"喜旺接着高兴地问："小菊她妈，你只说面条擀得咋样？"

"好。又细又长！"双双称赞着说。

经这么一夸，喜旺高兴起来了。他说："嘿！你是没吃过我做的好饭。就这面条，配上点儿鸡汤，再加上点儿鸡丝、海米、紫菜！那你吃吃看。现在食堂东西不全，从前……"他正要往下讲，双双说："我不听我不听。"喜旺说："我没说完，你知道我说什么？"双双说："又说你那当年'山北白木店'，吃这呀，吃那呀，你当我不知道！"

喜旺咽了口唾沫说："那可不是。"

双双看他扫了兴，就劝他说："你怎么老摆你那个'山北白木店'，我就不想听。那是旧社会，那时候你在那里是挨打受气。你做的东西再好吃，是给那些地主恶霸坏蛋做的。咱自己家里吃的什么！端起碗来照得见人影，糠窝窝捏都捏不起来，过个年也没见过一个白馍。如今这食堂虽是家常饭，可都是为咱自己劳动人民干的。你也不要吹你那个，我想着咱要能这样跃进，将来粮食大丰收了，猪喂得多了，鱼养得多了，总有一天，非超过你们那馆子饭不行。另外你知道你这两只手进到食堂，能腾出来多少双手哇！今天我调到猪场，就喂了十八头猪。可是过去我在家里就只能侍候你。"

喜旺点着头想着："说得也在理。"他想了一会儿，漫不经心地问双双："小笛他妈，我今天听人家说马克思过去就说过叫办食堂，你读过这本书没有？"双双说："我还没读过。可我听说是恩格斯说的！"喜旺说："不，是姓马！……"

六

麦收后，全乡成立了人民公社，孙庄划作了一个生产队。这时黑山头水库修成了，红石河渠也修成了。一条清凌凌的渠水从孙庄村中流过去，庄子周围，都改成了水稻田。

公社化以后，群众干劲儿更大了，公社的力量也雄厚了。黑山头水库下边盖了一片红瓦厂房，榨油厂、面粉厂、机械厂、洋灰厂都办起来了。在山里，公社还办了几个大牧场、林场和育苗场。在孙庄的西边鲁班庙周围，队里还盖了个繁殖猪场。双双就在猪场喂猪。

孙庄生产队夏季小麦获得了丰收，食堂又办得较早，所以不断有人来参观。可是每逢人家来参观一次，老支书总得批评喜旺一次，因为他们食堂里总是弄得不够卫生，发现过苍蝇，还碰到个老鼠。

喜旺每天清早和双双一块出来上班，到天黑两个人又一块下班回家。两个人见面，双双总要说他们猪场的新鲜事。比如一个猪下了十个猪娃呀，人工授精的新技术哇，特别是近来双双研究出来"肥猪快吃，瘦猪慢吃，按类分槽"的办法，还得了一次表扬。不过喜旺每听到她说猪场的新鲜事，就唉声叹气地说："我这活不能干，比不得你那个活，光得罪人！"

双双说："那有什么得罪人，你不偏这家不向那家，有什么怕。"

喜旺说："你哪里知道，是人都长有嘴，特别是打饭时候，你净听二话了。"双双说："我就不信，你只要公公道道，他们说也不行。就怕你是个'软面筋'，人家谁夸奖你几句，给你戴个三尺半高帽子，你就对人家不一样！"

喜旺听了，却不吭声。

这天后响，喜旺正在蒸馍，对门孙有过来了。这孙有有五十多岁年纪，因为他儿子金樵在食堂当管理员，食堂院又是租他家的房子，所以经常到食堂走动，看看这，摸摸那，唯恐人家把他的房子弄坏似的。

喜旺在揭着笼，孙有蹲在一边凳子上看着和他讲话。

孙有说："咦，喜旺，今天你这个馍蒸得好！这面和成了，揭开泛白不泛青！"喜旺说："你这算是懂的，就这是新麦面。陈麦面蒸得还要白一些。"他说着拿起来一个热蒸馍说："给！尝尝！"孙有拿着蒸馍吃着，话稠起来了。他说："喜旺，如今咱们食堂是一天吃两顿馍，前几年就我那个家里，你是知道，像这麦罢天里，一天三顿干的，有时半响还外加一顿贴膳！"喜旺听孙有这么说着，心里说："你从前一天吃三顿干的，我可没吃上三顿干的，我觉着我那一群小家伙能吃上这食堂饭就不错。"可是他这个人就有这个毛病，心里这么想，嘴里不能这么拿出来。他却故意装着叹着气说："咳！现在这事儿吧，难说！"

这孙有看他随和老实可欺，就又向他提出了要求。他说："喜旺，我有个事想央央你：明天是我大哥周年哩，想做几碗供菜。家里不方便，想放到食堂做，趁趁你这高手。"喜旺平常在食堂里只做家常饭，正想"露一手"。又听孙有左夸奖右夸奖，脑子就有点儿晕晕乎乎了。他说："你把东西只管拿来吧，这还央着我啥能处！还能叫你作难？"

夜里，孙有过来了。他说的是做五碗大菜，却只掂了一个小鸡。喜旺看他只拿来一只鸡，心里说："你这倒是叫我作难哩！"可是既然答应了人家，少不得只得拿食堂东西往里填。搭了油盐酱醋还不算，青菜粉条也浪费了一大筐。那金樵看着却只装没看见。

喜旺给人家忙了大半夜，自己反没吃一点儿东西。最后剩了半碗菜汤，孙有说："剩这些你吃了吧！"

喜旺说："你不知道，做啥不吃啥！光油气都闻够了。"

"端回你家里。"孙有撺掇着说。喜旺说："我家里那几口人都不吃腥荤。"其实倒不是他家里人不吃腥荤，他是怕双双。他知道双双平常是见不得这种事情的人，进食堂时，就不断和他叮咛这些事情，要一清二白，别见小。

喜旺虽然这么小心，可是没有不透风的墙。没过上两天，这个事就在群众中吵开了。初上来人们还在风言风语地估猜，后来就有人干脆在食堂贴出了大字报。

喜旺是个胆小的人，一见大字报，先吓了一跳。他寻思着："这事情将来要是弄得水落石出，少不得要找我麻烦。干脆，趁台阶下驴，不干这个炊事员算了，也省得得罪人生闲气。"

回到家里，他看见双双，先长出了口气。

双双在猪场的食堂吃饭，还不知道这个事情。她问："又怎么了？"喜旺摇摇头说："这食堂我干不了啦。"双双说："干得好好的，怎么就干不了啦，光怕麻烦得罪人还行？"喜旺本来是正想这么说，可是反被双双先堵住了。他这时一想，只得又想出个办法来。他哼了两声说："小菊她妈，你不知道我有个恶心病，我从小学馆子时得的病根。一闻见热蒸馍气就恶心。这些年我只说好了，谁知道天一热它又犯了。我不是怕出力呀，现在到地里不管推粪、锄地我都能干，就怕闻这热馍气！一闻到它连一口饭也吃不进去。"

双双看他说得那样可怜，信以为真。她说："那你不用发愁，和老支书说说，找个人替你就是了，反正都是'大跃进'嘛！"

喜旺拿着工作服说："你把这给老支书送去吧，叫人家赶快安排个人，我明天得看病去。"

双双不识是假，就拿着工作服上大队部去。到了大队部，恰巧碰见老支书在和四婶、桂英等几个人说话。双双不知道他们在说什么，就过去把喜旺犯了怕闻热蒸馍气的病说了一遍，她还没说完，桂英和四婶却忍不住咯咯地笑起来。

双双说："你们不信，他真的有这个病啊！"

老支书说："双双，他不是这个病，他是害的政治没挂帅的病！你看，这是人家贴他的大字报！"说罢把一张大字报递给了双双。双双接住那张大字报一看，只见上边写着：

炊事员孙喜旺：前天夜里孙有去食堂里，编着说给他大哥做周年，你用食堂的东西给他做了五个大菜，浪费了食堂的东西。都像你这样，咱们食堂还怎么能办好？

双双看完这张大字报，气得眼睛都发黑了。她想着："我早叮咛，晚叮咛，只说他'大跃进'以来思想变好了，谁知道他还是这样一盆糨糊！"想到这里，她眼里憋着泪，嘴唇都气白了。

老支书好像看透了她的心事。他给了她个凳子让她坐下，然后微笑着说："双双，这也不奇怪。这就是人的旧习惯哪！如今就得和这些旧习惯做斗争。要是认不清有些人的资本主义思想，他何止光想沾食堂点儿光呢！叫他想着走回头路才好。所以现在不管干什么活，非得政治挂帅不行。"

双双问："什么是'政治挂帅'？"

老支书说："政治挂帅就是要听党的话。不管干什么活，都要想到这是革命工作，都是为咱们集体干，为咱们人民公社大办农业大办粮食干，也是为咱们群众能早日过幸福日子干。思想能通到这个线上，就避邪了！就不会推推动动，也不会上那些落后人的当了。"

老支书这一派话，对双双影响极深。她平常只想着喜旺在食堂只要不偷不摸，公公道道当个正派人就行了，没有想到还必须"政治挂帅"！

这时老支书又对她说："喜旺他不能在里边领导，他这个人要别人领着他干才行。可就是下边找不到这个强实人。食堂可重要得很哪，今年夏天咱们干这几百亩水稻，一月几遍水，要争取丰收，食堂办不好可不行！"

双双听老支书这么说，反倒干劲儿来了。她说："老支书，我去食堂当炊事员怎么样？本来办食堂时我就想去，那时候大伙都说喜旺他有技术。现在我愿意干！我保证'政治挂帅'！"

双双话还没落地，桂英就嚷着说："大伙早就看到你身上了，我们拍手欢迎你！"四婶也高兴地说："双双行！不会像喜旺那个'面筋'样！"

老支书说："行，我也想着你去好。猪场我和他们说说，他们新近还要拨来几个团员。"接着他又指着双双拿的工作服问："这是什么?"

双双红着脸说："工作服哇！人家叫我来给你交差来了！"

桂英抢着说："走吧！理他呢！到食堂里再拿一套回去。这一回呀，你们两口子是双双进食堂了。"说罢和四婶挽着双双的胳膊往食堂里去了。

喜旺在家里，正在拿着个唢呐跟着有线广播上的唢呐吹着学着。双双走进屋子，他正吹得有劲儿。

喜旺见双双回来，急忙放下了唢呐。双双把两身工作服往床上生气地一撂。他忙问："你怎么又拿回来啦?"双双问："我问你，你害的什么病?"喜旺说："怕闻热蒸馍气呀！"双双把眼一瞪说："胡说，你怎么给富裕中农孙有捣的鬼，你说说！"喜旺看她揭了底，马上愣住了。双双接着就数落着他说："平常我和你怎么说，结果你还是弄这个！你没有想想，咱们过去过的啥日子。现在党领导咱们'大跃进'，办人民公社，还不是为了咱们赶快过好日子。咱们不光是要听党的话，听毛主席的话，还得热爱党，保护党提出来办的一切事情，谁破坏，就和他斗争！可你办这个事算什么?"接着她又把老支书说的话和人家揭发的那大字报事情对喜旺说了说，喜旺惭愧地耷拉着头不吭声了。临末了他说："小菊她妈，反正都怨我糊涂，你说怎么办?"

双双说："写张大字报检讨去！"

喜旺说："这个不是多光彩的事，还到人前张扬个啥。"

双双说："就是因为不光彩，才叫你检讨。以后只要咱立得正，行得正，群众还会拥护咱。"

喜旺抱住头想了半天，只得写了。他写着，双双坐在对面看着，把他累得一头汗。

大字报写完后，喜旺到床上一翻，见是两身工作服，就忙问："怎么你一身没送出去，又拿回来一身哪？"

双双说："是呀！我也到食堂里当炊事员啦，以后咱们两个在一块工作了。"

喜旺一听这个消息，却怪了！他说："啊，原来是这样，那你去我不去。两口子都弄这个事，像个啥，我不和你挤在一块！"

双双笑着说："我又没有穷气扑着你，夫妻两口当炊事员，只怕太好啦！咱们为的是工作嘛，这有什么不好。"双双接着又劝了他一阵子，喜旺慢慢想通了。他说："调来调去，你又来领导我了。不过你呀，到食堂后，说话可软和点，别把人都得罪完了。"

七

双双头一天进到食堂当了炊事员组长，来头就不一样。吃早饭时候，孙有因为做菜的事，被喜旺揭发，受了批评，心里不愿意。打饭时候，在一边故意拍着胸膛口说："唉！当炊事员可都得把心放到这里！"双双说："我不用放，就在这里长着！谁想来占便宜，不行！"双双回答得利落干脆。社员们都高兴地说："这一回行了，食堂里有大公无私的人了。"到了上午，双双就把炊事员召集起来说："咱们这个食堂啊！得大搞一下卫生。把这院子里的几堆砖头瓦块都清理清理，墙也刷刷，大家说行不行？"几个炊事员都拥护这个意见，金樵却说："队里忙成这个样子，哪里有人呢！"双双说："咱不要队里的人，咱们做罢饭，突击干它一下就行了。"金樵说："我还得结账。"双双忙说："你忙，我们几个干。"喜旺也说:"这点儿活,不算啥。咱们自己干。"金樵看大家都很坚决,也只得同意了。

到了下午,双双和大家刷罢碗,收拾完毕,就趁着空儿抬着箩筐干起来了。头一天,把几堆砖头抬得干干净净。第二天,双双从公社石灰厂里挑来了两担石灰,又扛了两个半截缸,绑了几个大麻刷子,和喜旺、桂英几个通前扯后粉刷起墙壁来。连着粉刷了两天,就把个食堂院漂刷得像粉妆玉砌一般。

院子里收拾好后,他们又把厨房里的炊具来了个大搬家,大洗刷。案板、木笼、锅碗瓢勺都洗刷得起明发亮,不见一颗灰星。老支书来看了看,非常高兴。他说:"这真是活怕人做。你们苦战这几天,食堂马上就变样了。"双双说:"这一次食堂评比,我们要争取做'四无'食堂。保险没有一只苍蝇、一个老鼠。就是得要点儿纱布,我们把案板、锅、水缸都要加盖。"老支书说:"这个能办到。就是说的是'四无',可要认真做到。别像上一次人家正来参观,偏偏从那个炕下边就跑出个大老鼠来。"他说着看了看喜旺,喜旺装着没听见,把脸扭到墙上。

"就是墙角那个炕?"双双指着一个放着一排瓦罐的旧土炕说。老支书说:"就是那个炕里。"双双说:"不怕,今天再苦战它黄昏,挖它!"

到了夜里,双双和桂英、喜旺等几个人又挖起炕来了。前几天搞卫生,金樵只管在小屋子里拨算盘,并不来帮助;今天夜里,金樵听见有人在挖炕,却吓得什么似的慌慌张张跑来了。他一进厨房就问:"你们挖什么?"

"挖老鼠洞,这里边有大老鼠!"喜旺一边掏着一边说。金樵说:"这里边不会有老鼠!别挖了。"双双和桂英这几个哪里听他的，只顾往里边挖。金樵看他们挖得紧，就夺过来桂英的镢头说："你们过去，叫我挖！妇女家，没一点儿劲儿。"

金樵拿着镢头，净在边上磨蹭，却不往里边掏。好像这个旧炕里藏着什么东西。双双说："金樵，你怎么像搔痒似的，怕吓着老鼠？"金樵说："里边哪里会有老鼠？"双双说："你过来！"她说罢就往里边挖。可是她往外边扒着，金樵往里边扒着，惹得双双性起，一镢头狠狠地刨下去，只听见炕里咣当一声，把双双手都震木了。原来镢头碰着了一块硬邦邦的东西！

"什么东西！"双双和桂英齐声喊起来。

金樵这时额头滚着汗珠子，他说："不会有什么，可能是瓦片。"双双这时看出了里面有鬼，就喊着说："管它是妖是怪，咱们除'四害'，非把它除了不行！"说罢，忽里忽通扒起炕来。他们把炕顶一揭，却扒出来一部解放式水车。喜旺喊着："水车！水车！好哇，这里边藏着这个东西！"

这部水车扒出来后，金樵脸都变成白的了。原来这部水车是他家在入社时藏起来的，已经埋了几年了。食堂借用他这地方时，因为搞得太快，他家还没来得及搬。双双说："金樵，你家这炕里，怎么会有水车？"金樵说："我也不知道，我爹他熟人多，可能是亲戚家放到这里的。"

双双看问他问不出长短来，又看了看桌子上的钟，已经十点了，就说："咱不管它是谁家的吧！先放到这里，天明汇报给大队。现在天也不早了，大家回去睡一会儿吧！"说罢大家都回家去了。

双双回到屋子里，想到孙有藏着水车，和社里不一心，越想越气，就是睡不着。喜旺这时呼噜呼噜睡得正甜。她怕惊醒他，只悄悄地翻了个身。这时候却听见有人在窗户外小声叫着："喜旺！喜旺！"

双双仔细听了听，是老孙有的声音。她故意不吭声听着。叫了一会儿，喜旺醒了。喜旺问："那谁？"外边孙有说着："我，喜旺，跟你说个关紧事！"

喜旺哼着嘟囔起来了。到了院子里，开开大门，双双就听见孙有小声咕哝哝、咕哝哝说了好半天，也听不清说的什么，可是却听见喜旺说："不行，我以后得政治挂帅了！我不能包庇你这个事！"

接着，孙有又低声下气地说："喜旺，你看咱都是一个孙字掰不开，这事情一弄出去，我就丢人大了。是这样……"下边他咕咕哝哝不知道说了些什么，只听见喜旺说："什么'将来用得着的时候，咱两家一块用'！你还想留点儿私有尾巴搞单干哪！我看你这思想赶紧得转变一下子。我对你说，咱们两个根本不是一条道，你赶快给我走！往后你姓你的孙，我姓我的孙，你别在这儿拉我后腿了！"喜旺说罢，孙有忙说："你别说了，你别说了，我自动交出来就是。"说着起来跑了。

双双在屋子里听着喜旺说的话，她差点儿笑出来。可是她没有听清孙有的话。喜旺回到屋里后，她睁开眼问："刚才那谁？"喜旺说："老孙有。"双双说："他找你什么事？"喜旺磨磨蹭蹭地说："反正他也走了，你睡吧！"照喜旺想来，他走了算了，咱只要不跟着他走邪路。从咱的嘴里也别把他这事张扬出去。可是双双却坐起来说："他究竟说些什么？"喜旺本待不说，搁不住双双三问两问，他只得说："刚才孙有来，他说咱们挖出来那部水车，只要咱们两口子不张扬出去，别人都好说。将来水车能用着的时候，和咱合用！……"他还没有说完，双双把被子一掀跳下床来说："原来这老家伙还想走老路哇！你怎么说的？"喜旺得意地说："你平常给我打了那么多'防疫针'，我还能上他的当？我说我不单干，我将来也不用你的水车。"双双说："你这样说就算了？"喜旺为难地说："双双，你还要我怎么样？"双双撇着嘴学着他说："你还要我怎么样？"说罢就往外走。喜旺忙问："你上哪儿啊？"双双说："找他去！"她说着把布衫大襟一裹就冲出去了。

喜旺见双双出去后，自己在屋子里感叹着说："唉！真是火见不得水！比点炮捻还疾！"

双双到孙有家没找着孙有，就直接跑到大队部找老支书。这时天还没亮，老支书和几个支委刚从水稻地里检查回来。听双双汇报后，大家都非常生气。玉顺说："前年他入初级社时，说他的水车卖了，原来藏起来了！"老支书说："这一次咱们可找到个好反面教材，平常咱们说这些人想走老路，有的群众还不相信，这一回可得叫群众好好讨论讨论，叫大家看看这些富裕中农存的什么心。另外，金樵哇，别看他是个青年，满脑子自私思想，赶快换他下来算了。"

八

春节前，全县举行了一次食堂大评比大检查，孙庄食堂因为粮食节约和粮食调剂搞得好，被评为全县一等红旗食堂。双双这时已经接替了金樵的食堂管理员，由于工作积极负责，办事又公道，群众很满意，在冬天整社建党时，她被吸收加入了党。

这时正是正月开春，公社里布置要大浇小麦返青水。队里因为去年红薯收得多，每天要吃三分之一红薯。红薯这东西才吃新鲜，吃得久了容易吃絮。双双看着每天中午的馒头，晚上的汤面条社员们都吃得很快活，就是早上的红薯稀饭，三大锅饭总是要剩半锅。小孩子们吃饭时，有的只把米粥吃了，把红薯剩在碗里，摆得满屋都是。

双双每顿收拾碗筷时，眼里看着剩的这些红薯，又心痛，又可惜。她想着这都是隔年下种辛辛苦苦收回来的粮食，就这样浪费掉多可惜！这天夜里，她就把喜旺、桂英、四婶等召集起来开了个会，研究看怎么办。

双双说："每顿饭红薯剩得那样多，咱们都看见了。社员们吃絮了，咱们得改改样子。只要做得好，花样变得多，社员们一定喜欢吃。"

喜旺平时对这个事也挺烦气，有时候还睐着眼和小孩子们吵几句。这时他说："叫我看是吃得太饱了！饿不上两顿你看他吃不吃。"

双双说："我就不同意你这个意见，咱们办公共食堂是既要群众吃饱，还要群众吃好，这和过一家子日子一样，你不能叫人家不提意见。"喜旺说："要没意见也容易，把细粮先吃啦！细粮吃完，只剩下红薯，他们不吃也没办法。"

双双听他这么说，就生气地说："你这个人就是一头碰到南墙上，别的就没有法子啦？这每个月细粮绝不能超支，亲老子说也不行！担子在我们肩头上，不能没个计划，现在吃完了，将来锅能吊起来！"

桂英这时也说："有些社员这两天也说：'哎，正浇地哩，少吃点儿红薯吧。'咱可不能开这个例子，将来都剩下红薯，做饭才作难呢。"

双双说："那么好的红薯，糟蹋了也真可惜。只要想办法，还能做不好？"

喜旺这时不敢大声说了，却在一边嘟哝着说："红薯总是红薯，还能把它变成一朵花！"

四婶这时候却说："要是不怕费功夫，也能改变个花样啊。俺家里以前穷，孩子们就是吃红薯长大的。这东西我做过，把红薯磨成粉浆烙煎饼，又省面又好吃。另外红薯面多少掺点儿白面，擀出来的面条可好吃啦！"

双双听到四婶有这方面的老经验，高兴得鼻子眼都会笑了。这天吃罢晚饭，也顾不得回去睡觉了，几个人点上灯就在食堂里试验起来。一直试验到半夜，煎饼和面条试验成功了，煎饼摊出来又香又软，面条也擀得又细又长。这一回喜旺服气了，他想着："真没料到，这红薯里边也还有这么大学问。"

吃清早饭时，老支书来食堂正找双双他们研究如何改进生活，双双说："你来看看我们做的这两宗东西。"老支书看了煎饼和擀的面条后，高兴地说："报喜！赶快报给公社！上级正大抓'粗粮细吃'，这一回咱们又走在前边了。"双双说："就是有个问题，煎饼摊着太慢，一百多口人吃饭，做不出来。"老支书说："那再想办法，反正咱们是找着门道了。"

上午，老支书到公社党委开会时，把这事情汇报了一下，下午党委会的福利委员也来孙庄了。他看了做的这几种东西，还亲自在这里试验做了做，觉得是个很大的创造，马上从机械厂拨来了一部轧面条机，当天晚上，还在全公社的广播大会上，表扬了李双双和四婶，又推广了这个经验。

喜旺和双双都在听广播。喜旺听着对双双的表扬，心里却老大不痛快。双双这时早看透了他的心事，就问："怎么你那个脸上，就像阴了天？"

　　喜旺没吭声，只叹了口气。双双又问，喜旺说："我跟着你呀，反正是一辈子也是个老鼠尾巴，发不粗长不大。"

　　双双说："你是炊事员，我也是炊事员，我怎么就妨碍了你呀！"

　　喜旺说："你看你如今县里也去开过会了，报上也登过了，广播里三天两头表扬你，我只能拉马坠镫，永没有出出头那一天！"

　　双双听他这样说，扑哧笑了。原来喜旺也想跃进跃进呢，可是他这个看法却不对。双双就对他说："我去开会，是代表咱们孙庄食堂去的，这里边也有你一份。再说去开会是为了交流经验，改进工作，怎么能算去出出头？你真是要想去'出出头'，这个会还不敢叫你去开呢！"她这么一说，喜旺脸红了。双双急忙又说："什么事情，不能从个人想起，要为大家。你只要好好劳动，想办法把群众食堂办好，不要说县里、省里，北京你也能去！可是你心里就没有把食堂办好这一格，还想着要出出头，那当然不会有那一天。"接着双双又向他讲了几段劳动英雄故事。

　　喜旺仔细听着想着，觉得双双的话有道理。照他原来想着，如今人不为钱了，还要为个名。可是照双双讲的，这图个名也是不光彩。只能是为工作，为大伙，为社会主义。喜旺想到这里，觉得和自己结婚十多年的这个老婆，忽然比自己高大起来，他不由得嘴里溜出来一句话："劳动这个事，就是能改变人！"

　　双双没有听清他说的是什么，就问他："你说的是什么呀，像在肚子里说的一样?"

喜旺由衷地说:"我说你变了,双双,变得聪明了,变得能干了,也变得通达道理了,你那个思想比我高。你想想你从前来咱家是个黄毛丫头,可现在你就像另外换了一个人!"

双双感动地说:"那你不也变了?我就觉得我比以前更爱你。"她说着又笑嘻嘻地说:"喜旺,你看咱俩像谈恋爱!"喜旺正经地说:"就是搞恋爱,他们青年们是先恋爱后结婚,咱们是先结婚后恋爱。"说着两个都高兴地笑了。

喜旺这时又兴奋地说:"十七还能常十七,十八也不能常十八,双双,我孙喜旺今后一定要赶赶你,食堂炊具改革这个事,我要下点儿功夫。"

喜旺这次谈话以后,就像换了个人。第二天就在这煎饼灶上打主意。他一心想要创造个快速摊煎饼的方法。他一个人抱住头想了半夜,猛地想起来从前在饭馆学徒弟时,烧茶炉子的炉灶来。茶炉灶是好几个煤火眼,所以一次能烧开几把壶,他就根据着这个道理,连夜创造了一种"多孔台阶式煎饼灶"。这种灶一次可以摊六个,一个人摊两个钟头,就可供上一百多口人吃煎饼。

煎饼灶创造成功了,老支书又亲自领着他们把食堂的吃水用水改成自流化。双双和桂英又制成了一种洗碗机和保暖饭车。这事情轰动了全村社员,大家都来看,看着喜旺做的煎饼灶,都最感兴趣。

这个说:"这一下把红薯算找着出路了!"

那个说:"有了这东西,大家都要增加体重了。"

老支书也表扬喜旺说:"喜旺,就得这样干!这个创造好得很，我今天夜里去公社开会，再去报个喜！"

喜旺说："进叔，你去报喜时再捎上一条，就说李双双那个爱人，如今也有点儿变化了！"他这么一说，大家都哄哄地笑起来。

第二天清早，队里人在地里突击抗旱浇小麦拔节水，青年们也在往地里上草木灰等磷钾肥料。

双双和桂英、四婶把面条做好后，喜旺又摊了几百张煎饼，一齐放在保暖饭车里，由双双推着，向着村西的小麦田里来送饭了。

这时正是春天二月来天气，村外大队栽的桃树园，正开得粉红灿烂，远远看去像一片云霞。马路两旁的小柳树，也摇曳着软溜溜的像金线似的枝条，把一朵朵飞絮，弄得满天飞舞。

在小麦丰产田里，脚下到处都响着淙淙的流水声音，从水面上，又飘送过来人们的欢笑声音。双双只有两天没到这边来；可是她发现那油绿绿的麦苗，就像手提着长一样，已经密密实实地扑住膝盖了。

她把饭车推到一个水车井台上的大柳树下，扬着手巾喊了两声，人们都说着笑着围过来了。

这时有个小伙子问着："双双嫂子，今天给我们做的啥饭？听说你们有了新花样了？"

双双笑着说："你们打开看看就知道了，多提意见哪！"

一个老汉接着说："吃李双双做这个饭，别的不说，真干净，挤着眼吃都不要紧。"

双双把大家招呼来后，自己就去推着水车，不让水断了。一个小姑娘叫着她说："双双嫂子，咱们来一块吃吧，你也休息一会儿。"双双说："我回去吃。"旁边一个妇女说："哎，别叫她了，她这已经习惯了，早晚来送饭，非干一会儿活不行。"

双双在推着水车，大家在吃饭。她只听见大家打开保暖饭车以后，都高兴地吵起来了。

这个说："这是什么面条哇，像细粉丝一样?"

"你们尝尝，你们尝尝，筋丝丝的，比白面还好。"

"这就找不到红薯面嘛!"

又一个小伙子喊着说："你们看，还有热煎饼哩!"

"来吧! 外焦里软，这煎饼就叫'老头美'!"

"双双嫂子! 食堂饭做得好! 我们要贴你们的大字报了!"

大家你一句，我一句说着吃着，双双在井台上听着，只是在抿着嘴笑。

她一面推着水车，看着清清的泉水，顺着渠道往地里奔腾地流着，一面听着大家呼噜呼噜的吃饭声音，吃得那样香，那样甜，那样有味。就在这时候，她忽然感到他们在食堂里滴下的汗珠，好像也随着清清的泉水，流到这茁壮茂盛的丰产田里，变成了米粮。

《人民文学》1960年第3期

祸起萧墙

水运宪

　　本小说纯系虚构。如若您觉得文中某事是写某地某事者，那的的确确是一种非常偶然的巧合。

一

　　开庭那天，一切都与以往不同。法庭旁听席上，早已经挤满了人，而且其中绝大部分都是省科、局一级的干部。他们不像每次开庭时的那些听众，没有以往那种熙熙攘攘的嘈杂场面。差不多没一个人吸烟。大厅内除了偶尔出现一两声为了让别人进去而轻轻移动椅子的声音外，几乎是绝对安静的。

　　"到底是省级干部！"肃立在法庭两旁的公安法警内心赞佩地想道，"修养就是好。"

　　离开庭还有半个钟头，脚跟脚地驶来了三辆小车。车门开处，第一辆车上下来的是省委副书记，第二辆车上伸出头来的是副省长，第三辆车上的那位，身体敏捷，早已站了出来——省经济委员会主任。

三位领导同志心情沉重，一扫过去脸上常能看到的和蔼的微笑。只是稍许交头嘀咕了几句，就悄然走进侧门休息室去。

公安法警本能地感到责任重大，一个反常的细节就是三位领导今天没有乘坐锃光发亮的"红旗"牌轿车，而是一色的"北京"吉普。这种暗绿的色调无疑更加重了此次开庭的肃穆气氛。

法院院长——此次开庭任审判长——照例，出门在法国梧桐树下踱起步来。省委领导的来临，并没有打破他的常规。但是细心的法警还是有新的发现：他手上夹着一支烟！

审判长拎着沉甸甸的卷宗袋，那是开庭时摊在法案上用的。过去在此时此刻，他是从来不去看的。一个审判长，对将要审理的案情早已了如指掌，完全没有必要在临开庭几分钟时去翻阅它。然而，今天他却破了惯例，踱步时，眼睛从没有离开过卷宗材料。

铃声响了，审判长突然有些慌乱，卷宗袋差点儿掉在地上。审判长十分恼火，这一有失威严的举动他还史无前例！当他收拾东西时，意识到食指和中指上夹着的那支烟，于是，一腔怒气转嫁于它，没有点燃的烟被重重地踏上了几靴子。

铃声未落，一辆摩托车疾驰而来。引擎声与铃声频率几乎相等，只是低沉一些，正好搭配成一组三度和弦，又同时在第九拍上戛然静止。

从摩托车上跳下来一位五十来岁戴近视眼镜的人，穿一件米黄色的卡其布风衣，急匆匆地奔进法庭。当他觉察到自己失态时，又马上回过身来，掏出身份证给门卫看了看，嘴角向两边扩张了一下，大概是表示歉意的微笑。门卫注意到他的眼白已经全部充满了血丝，眼睑泡肿着，向右披着的头发有不少已垂散到左边额上。当他再次转身走进法庭时，门卫发现他竟然光着脚趿拉着一双橡胶拖鞋……

该入席的已经全部入席。到了法庭上，每一个生疏的人总能很快地熟悉这里的环境和守则。全体工作人员、听众，都集中自己的思想，望着审判长席。确切地说是望着审判长的嘴，急切地希望从那里面冒出"现在——开庭!"几个字来。

审判长习惯地左右看了看：检查员、陪审员、记录员、公诉人、辩护人等早已坐定。他又扫视了旁听席一眼：下面出现了无数张熟悉的面孔，省里三位领导既循规蹈矩又不失身份地望着自己。审判长顿时头脑里真空了，好一阵子也没有开口。省人民政府对这桩案子的重视程度是罕见的，他清楚地记得对本案明确的指令要点："一、开庭时由省政府和法院双方约请省级机关有关同志参加旁听。二、要让被告和辩护人做最详尽的辩护。三、……"审判长凝视着法案上那堆沉甸甸的卷宗，不! 那是一堆沉甸甸的铅块，重重地压在他心头上!

对法律的天职感使审判长清醒了。他郑重宣布开庭。一切开始正常下来：宣读此次法庭组成名单、简要介绍分担的法律职责……程序一项项展开着。正当审判长宣令传被告人出庭时，一名工作人员焦急地进来，向他小声报告道："审判长，被告人因心跳过速，突然休克!"

突如其来的消息，使审判长很难保持住自制力，他很清楚被告人的身体状况。即使有异常坚定的法律信念，但在他脸上仍然流露出焦虑不安。他转过头去，同检查员等人低声商讨对策，一时间大家也都拿不出决断的意见来。

听众席上骚动起来，人们预感到出了意外。省委领导同志虽然端坐未动，心里也同样在揣测着，并向审判长投以询问的目光。

商议完毕，审判长轻轻敲了敲法案，人们立即鸦雀无声。审判长向大家宣布："被告人在即将出庭时突然休克。法医正在对他治疗。现在暂时……"

"不！……不要退庭……"

一个颤抖着的声音从过道里传来。法庭上所有的人都向那个声音寻视过去……

在两名公安法警的搀扶下，被告人出现在侧门边。他脸色蜡黄，脸颊上渗出两块红晕；几乎每一条皱纹都在发着抖；满脸络腮胡被剃得干干净净，焕发出一种体虚多病的人突然获得了健康感觉时的神色。

"我刚才……只是兴奋。审判长，开庭吧。"

场上哗然。

"是他！真是他！"包括审判长在内，与会者心中都在默默地喊着这句话。谁能在开庭之前还不知道被告人是谁？全都知道。然而，此次开庭的全体参加者，从早上起来直到现在，无论如何也不能将"被告人"三字同他联系起来。所以，当他终于出现在法庭上时，修养再好的干部们也本能地嗟叹起来。

最反常态的要数那几个省委领导同志。那位省委副书记在晚年落下了一种神经系统的毛病，只要内心一激动，右半边脸就会开始抽搐起来，脖子也不由自主地向右边扭动，频率大概是每秒钟一次。现在，他一见到被告人那熟悉的面孔，立即受到了刺激，万分心疼地张大了嘴。一口凉气吸入丹田，右嘴角猛地向上一抖，跟着，面部肌肉剧烈地痉挛开了，脖子扭动得分不出个节拍，构成了一副极度痛苦的表情。

副省长已经瞥见了他这一明显的变化，唯恐他会失去控制，便悄悄地把手伸过去轻轻地拍拍他的手腕，借以提醒他。奇怪的是，副省长的手竟收不回去了，在副书记的手腕上不住地拍了起来，像是电报员在敲打着电键一般。其实，他已经完全忘了应该干什么，他的眼睛只顾盯着被告的一举一动，他已经没有别的想法，所有动作都只是下意识的。

经委主任勉强控制住了自己的激动情绪。他的双手紧紧地扳住座椅的后腿，他害怕自己的身子不知什么时候会从那上面弹起来……

审判长自新中国成立以来不知审理过多少重大案件，见过多少惊心动魄的场面。而今天，在被告人出现时，他虽然凛凛未动，可他那眼角上已经开始潮润。他惊了一下，怕被旁人察觉，于是赶快低下头去装作查看案卷……

然而法庭上已经不可能有任何人会注意到他了。此时此刻，所有的人都在全神贯注地凝视着被告。我敢打赌，如果在这个时候突然间塌了天，陷了地，也绝对不会分散大家的丝毫注意力。

站得远一些的一名公安法警，是一位久经沙场的老同志，他突然注意到整个法庭上的沉闷气氛，心中诧异不已。强烈的好奇心，终于迫使他用刚刚听得见的声音向身旁的伙伴打听起来："嗯？他是谁？"

伙伴笔挺着身子，紧紧地咬着嘴唇，声音战栗地告诉他："他就是原水电局副局长，现任佳津地区电力工业管理局局长，有名的铁肩膀干部——傅连山哪!"

"哦?!"那名法警心中猛地一沉,紧张地缄了口。

傅连山强支撑着身子,在种种目光交织下走到被告人席前,重重地坐下去。他伸手摸摸上衣口袋,这才想起来现在不是开生产会,没有带笔记本。他自觉好笑,习惯地去摸络腮胡子,光秃秃的下巴使他想起来这几天没事,每天都刮了两次脸,不是以前两个月剃一次胡子的时候了。他似乎有点儿惋惜,过去在这么多人的场合,他总是会议的召集人或主持者呀……

法医走上庭来向审判长轻轻地介绍了被告人的身体状况,审判长听着,用审慎的目光足足打量了傅连山一分钟,终于威严地宣布由公诉人宣读起诉书。

坐在旁听席最后一排,那位迟到的穿拖鞋者——佳津地区电业局总工程师梁友汉,听到审判长的宣布,头脑里轰的一声炸开了。看到公诉人站起来,严肃地拿出起诉书,尤其是看到他庄重地向会场一顾,梁友汉再也支撑不住自己的脑袋。他双手紧紧地抱着头……过了一会儿,他抬起头来,脸上有一种单调不变的木然神态。公诉人的起诉词他一句也没有听见。他的思想渐渐地腾跃出法庭,追溯到十八个月前……

二

那是多么令人振奋的日子呀!经过了几年拨乱反正,我们的国家下了巨大的决心,要把全副精力转到经济建设上来。上面试验了各种各样的方法,尽可能地调动着人们的满腔热情。几乎所有的人,脸上都挂满着红光:二〇〇〇年要实现四个现代化的强劲口号,对不少人来说,比注射强心剂还有作用。

梁友汉原本就是这样的一个人。从一九七六年拨乱反正以来，中央的一系列措施，哪一项没有使他激动过？他到部里去开过几次会，上面的整体规划和务实精神，简直使他恨不得捶自己的脑袋：我真是！竟然还坐得安稳？多么激动人心哪！赶快回去干吧！然而，一回到局里，就仿佛跌进了退火炉一般：不高又不低的恒温长时间地烘烤着你，然后，让你按照退火炉的既定俗成规律来"自然冷却"，不能快也不能慢，一切都按操作程序，温温和和地消除你的内应力。王局长不也到部里去开过几次会吗？有两次还是梁友汉陪着去的。并且，就在那次会上，梁友汉发现，王局长并非是过去印象中的行政干部。在他那严肃的外表里面，有着强烈的忧国忧民的责任心；有着熊熊燃烧着的建设热情。可是，一回到省里，忧虑和焦急渐渐从他脸上消失，没多长时间，也只好坦然处之。休要责怪，他也有他不可回避的"退火炉"哇！

"问题在哪里？"梁友汉经常思考着，似乎有些领悟，又似乎没有想透。应该这么说：往往有些领悟时，就不愿意再去想透彻了。"非吾辈之力所能及也！"

没有想到，感情已经不大容易激动的梁工程师，突然又神话般地恢复了活力，再也平静不下来了。

这天下午，梁友汉四点多钟就无事可干了。他拎着一个暖水瓶，慢慢悠悠地走出办公楼，到水房去打开水。背后开来了一辆汽车，冲着他直按喇叭。梁友汉没有回头，往路边让了让，继续朝前走。那辆汽车仍不满意，急促地按起汽笛来。梁友汉无意间回头一望：我的妈呀！崭新的"东风"牌载重汽车笔直地冲过来，眼看要顶在背上了！梁友汉慌了手脚，已经无路可让。他一歪身子，不由自主地倒在路边女贞树路篱上。梁友汉心中的火气一蹿老高，刚想发作，那辆大卡车吱地刹住，驾驶室里传出上气不接下气的哈哈笑声。

"傅局长？傅连山！"梁友汉一下就蹦了起来。

"怎么样？这下把你那不紧不慢的温性子吓跑了吧?"傅连山戴着一双纱手套跳下车来。

每次见到傅连山，梁友汉总有一种故友重逢的感觉。这位副局长，其实是一座大型水电站的站长，以"精通业务，作风泼辣的行政干部"著称于全省水电系统。时兴学业务那阵子，让他挂了个副局长的衔头。那座地处深山的水电站，从设计、施工、安装直到发电的整个过程，梁友汉一直同他搭档。开掘工程紧张时，老傅就蹲在开掘队，弄了个四级驾驶员执照。输电网电压升级那会儿，他又蹲线路改装工程队，混了个五级电工操作证。"不能白蹲那么久，总得捞点儿本事回来。"他常常这么说。最近老没见他往省里来，也不知干什么去了。

像今天这种见面方式，梁友汉早已司空见惯：他就是这么一个人，什么时候都喜欢把你的神经绷得紧紧的。梁友汉二话没说，拉着他就往家里走。根本不用打听他来省里是干什么的，到了晚上，他自然会"竹筒倒黄豆——一颗不剩"地全告诉你，没错儿！老傅来省里是从不住招待所的，每次都是在梁友汉的书房里搁行军床。"哪个招待所有这么好的条件？"他用贪婪的眼光盯住那满架子的书，赞叹地说。其实，说是睡觉，那也不过是象征性地躺两三个小时。这一对亲密的老搭档见了面，从不把晚上的时间当个数。早先，梁友汉的爱人还经常敲敲墙壁提醒他们。久而久之，大概她也不愿意让手指头上增加老茧了。于是深夜长谈更是无半点儿干扰了。

不过这一次傅连山却等不到晚上就泄露了天机："我把车丢到库房去，马上就来。你站在这儿别走！"

他刚上车发动了引擎，又转了念，打开另一边车门："干脆，上来吧！"

梁友汉坐在驾驶室里，打量着这种名气很高的汽车："这是你们买的？"

"不，应该说是我们买的。"傅连山说到"我们"二字时，故意放慢了声音，还神秘地冲梁友汉一笑。

"我们？"梁友汉寻思了一下，"……局里买的？"

"局里？得了吧！像你这种人，别老在机关里消磨了。我替你做了主，咱们又搭上档了！"

"怎么回事？"一听说同老傅搭档，梁友汉兴奋起来。

"别说话！我要倒车了。"

傅连山恰到火候就打住了话头、抿住笑，熟练地推动汽车操纵杆，一退一进一退，三把就将车倒进车库。

锁门的时候，他故意用手指头刮着脸庞上的络腮胡，发出喳喳的声响："不过，我这个情报，是有保密等级的。"

"大概是属于第九级吧？"梁友汉精通他这一类正经的俏皮话，"不是七八九的九，而是六十度的大曲酒。对吗？"

"哈哈，不愧是老搭档！走！"

酒过三巡，已经是深夜一点多钟了。

心里话互相倾吐了大半夜，两人都酒兴正浓。为了不影响旁人休息，傅连山尽量地压低嗓门。越是这样，喉头内咻咻声越重，好像是被堵住了的一股激流，从一个不大的裂缝中挤泻出来，由于不满于压抑，其势更加显得奔放。

"伙计，可别小看这招哇。这可是兜着神龛掀菩萨，动在他娘的根子上了！"老傅抓了一把花生米，一颗一颗地往嘴里扔，"四个现代化怎么搞？光喊不动？小动大不动？能搞上去才邪呢！说电力系统吧，先行官哪！不服从老帅行吗？偏偏就左一个卡子，右一个折扣的，怎么干哪？"

"老傅，要真能把下面几套电力管理班子合并成一套，收归省管，那就对上口了。这对统一调度，统一管理太有利了，早就该这么干了。不过……"老梁放下筷子，"上头到底有没有决心？"

"不是决心，而是决定！我的老伙计！"傅连山激动地站了起来，"经省里研究决定，从现在起，各地区这一个供电所，那一个供电公司全部合并，成立地区电业局。电业局的行政、业务干部，全部由省局审派。力量薄弱的，直接派人去。不光这样，连全体人员的工资都由省局包下了。跟着，业务干部的调动、任免这些权力，马上就要收归省局。伙计，管理体制彻底改革啦！"

梁友汉头上冒出了汗珠子。他兴奋地扭开电风扇，惬意地吹着凉风。一丝别样的情绪使他稍稍冷静了些："让我想想……这，是不是太快了点儿？"

"你呀！不动嫌慢了，一动你又嫌快了。书生气倒十足的。"

"我想……唉。"

梁友汉不是庸人，他却常自扰。这件事意味着什么，作为搞技术管理的他来说，是再清楚不过了。电这玩意儿可不比其他东西，发、供、用各方面，全凭一个"管"字当家。很长一段时间以来，却正是在管理上的支离破碎现象让人不忍心看下去！如果要真心实意地搞好四化建设，不把这号称"第二能源部门"的电力管理好，一切都是妄谈！刚才，梁友汉确实狂喜了好一阵子。这么好的消息，对他来说，不亚于渔夫听到了鱼汛、猎手赶上了兽群。但是也正是这个消息使他又忧天忧地起来：如何才能管好电，除了建立强有力的专业对口管理体制外，没有别的办法。现在终于这么干了，然而这是一件早该这么干的事。为什么长期没这么干，其中之奥妙，梁工可了如指掌："我担心，各地区会怎么理解？……当然啰，你们当领导的只在上头坐镇，体会不到……"

"嘿！不用体会我也清楚，阻力不会小！困难更不消说，少不了！至于我嘛，也坐不了什么镇，没福气。"

傅连山坐了下来，双手尽量向上举起，握着拳头，使劲儿地向后舒展着身子："我到佳津去。毛遂自荐，争取的。"

梁友汉这才联想起他拉自己搭档的事。他有些慌乱："佳津？不不！干吗上那儿去？"

梁友汉的顾忌是有根源的。那个地区的情况局里上上下下都很清楚，凡属中央或省属企业单位都很难同地委搞好关系。曾经有一个某机部的厂子因为同地方某些领导发生了工作上的矛盾，竟被停止了大米供应。借口还非常巧妙，让你有状无处告。这是一件近乎荒诞的事情，很难令人置信，然而它却实实在在地发生了。这个单位饱尝苦头之后，才开始觉悟过来，找上头讨了十来个招工指标，到地属机关去招收他们的子弟，借以缓和紧张关系。然而正月十五贴门神——迟了半个月啦！除了少数几位领导的岳母娘没工作，再也无人可招。水电系统过去也同地委发生过不少矛盾，一提起那里来就头痛。

梁友汉觉得傅连山过于乐观，作为一起工作过多年的老战友，应该提他一个醒。他正在斟酌着字眼，却见老傅早已沉默下来。梁友汉想到，我也糊涂了，这么一位老干部，怎么就不考虑这一点呢？他一定考虑过了。再说，他是个闲不住的人。刚才他还直劲儿抱怨说他最近一段时间没有具体工作，挂着个副局长的名儿，搞了半年多企业管理调查，早就摩拳擦掌按捺不住了。他嘲笑自己说："我本来就姓傅，人家一开口就叫我傅副局长，多绕口？再改个名儿，姓傅名福，让人家叫我傅福副局长，多逗？哈，不干事业光吃闲饭我可受不了。"

"是呀，他是不甘清闲的，要不是这样，早调到机关来了。也许他有办法吧？"梁友汉想到傅连山逢山开路，遇水架桥的工作作风，顿时减消了忧虑。

傅连山又恢复了开朗面容："当然啰，这个地区是有些烦人，不是个好剃的头。也许……"他幽默地眨眨眼皮，"还可能要担点儿风险。"

"风险？"梁友汉倒反过来安慰起他了，"什么风险？别吓唬自己了。难道还会坐牢？杀头？哈哈哈……"

傅连山可没有笑。他又给自己倒了一杯酒："你想这不能？也许吧！"他一仰脖，将酒倒进嘴里。大概是喝得过了量，也可能是灌得太急了，当这口酒咽下喉的时候，傅连山皱了皱眉头，露出了一丝痛苦的神色。不过，他一点儿也没让梁友汉觉察出来，两位老友又敞胸开怀地谈了起来……

三

在上下都具备很高的积极性时，不少事情是能够打破惯例的。傅连山同梁友汉谈话不到半个月，局里就沸腾起来了。

改革管理体制、调整一些机构，对四化有没有利，还只是理论上的抽象概念。但一触到各机构的人事变动，对每一个人有没有利，却是个实际性的具体问题。

人浮于事的现象，对于每一个稍有事业心的人来说，都是不堪忍受的。动员工作进行得十分顺利。跃跃欲试的技术干部们，充分看到了专业化改组的前途，早已激动起来。有人已递了好几次申请。总之，形势喜人。

又过了一些日子，半数以上的地区班子已搭配完毕。原电管部门的干部有业务能力的就保留下来，差一些的全省调剂力量，还有的实在不行就由局里重新委派。这样一动，行政干部、管理干部、技术干部，齐齐整整。一看名单就让人赞叹：真是精兵良将！经过少许一段时间集训，便纷纷开赴第一线去了。

看着一批又一批队伍从自己眼皮子底下雄赳赳地开走，傅连山头皮都快急炸了！四楼办公室尽头上有一间贮藏室，临时腾出来让他和梁友汉搭班子。门口贴着梁友汉亲笔写的一张黄字条："佳津地区电业局筹备处在此报到。"可是，前来问津的除了几名刚从大学毕业分配到这里的学生外，几乎没有其他人。

有一天，傅连山找到两位过去在佳津地区供电部门工作过的技术员，满怀希望地征求他们的意见，不料他们俩早已找好了出路，分别被批准到其他地区工作。一见傅副局长找他们谈话，不由得心惊肉跳起来。最后，两人都觉察到他并没有强迫的成分，这才放下心来，一迭连声地表示抱歉。走的时候，傅连山清楚地看见他们刚刚拐到门外，就撒丫子跑了。那情形就跟那逃出了猎套儿的野兔差不多！

局党委在动员会上并没有用煽起大家热情的方式做空头许诺，而是实事求是地介绍了目前电力管理混乱的局面，反复强调了体制改革的必要性。最后，也列举了佳津地区的情况："从电力管理的角度来看，这确实是个烂摊子。条件比其他地区都差。到那儿去的每一个同志都将要担负比较艰苦的工作。"

"现在，傅连山同志夺了帅印，主动地去挑这副重担。不过他还是个光杆司令，很多同志不大愿意到那里去。但是我也不太担心，"王局长顿了一下，侧头看了看傅连山，"你们瞧他那一脸的大胡子，就像是孙悟空身上的毫毛，拔一根就能变出点儿新玩意儿来。"

会场上哄笑了一下，并不热烈。大家对傅连山是敬佩的，如果他到别的地区，那没二话说，早跟上了。可他偏偏拣了这么块不毛之地。有的人甚至躲避着他那对炯炯有神的目光，低下头去，心里祷告着："菩萨保佑，可别让他那对火眼金睛看中了我呀！"

现在，傅连山看看面前这面招兵买马旗，倒是一筹莫展了。他记得梁友汉在写这张纸的时候，手提三寸狼毫，一脸虔诚相，好半天没有下笔。纸贴好后，两人十分舒适地坐在这间临时办公室里，那种自我感觉就仿佛是坐在联合国大厦的软椅上一般无二。他们谈到下去后的种种设想，从生产到生活，全部囊括在内。有一次谈到购置远动机的事，为买进口的还是买国产的，两人争得脸红脖子粗。后来由远动机联系到操纵远动机的人，这才回到现实中来。是呀，人呢？人还没有哇！

楼下传来嘈杂的谈话声，又是哪个地区在集中人马了。傅连山急得扯起了络腮胡，硬扎扎的胡须并不是孙猴王的毫毛。他想起了王局长在会上的那句话，叹了口气："唉！真能那样，我倒好了！"

人群直奔四楼而来，领头的是梁友汉。他今天的嗓门特别高："到了到了。看，老傅在门口恭候着咱们呢！"

"怎么回事？"傅连山丈二和尚摸不着头脑。

"别愣着了，快来看看你的队伍吧！瞧，阵容不差吧？"梁友汉显得特别活跃，"看，设计院的老徐，我的老同学。这位是统计处的周伟。喏，那位女同志是调度技术员，还有他，会计师老张……"

事情来得太陡然了，倒把傅连山弄得腼腆起来。他一面打着招呼，一面挨个儿紧紧地握住了他们的手，几位女同志被他握得痛叫起来。老傅咧开嘴笑了，他是怕他们像突然出现那样，又会突然飞走哇！

瞅空子，傅连山把梁友汉拉到一边："你这家伙，玩魔术还是怎么的？"

"我可没有大变活人的本事。"梁友汉凑到傅连山耳边，"各地区调剂的。局长让我去领人，我也不相信。这些同志愿意来，多半是冲着你的名声，少半是我的一些老关系。人都是个顶个的，这下齐啦！"

集训开始了。傅连山亲自开着大卡车，把队伍拉到郊外，逛了好几天风景区。他上了劲儿，根本没管那些乘客是否高兴。不少人记不清有多少次乘坐着舒适的旅游车到过这些地方。如今扶着冰凉的车帮子兜风，实在激不起多少游兴。有什么办法呢？集训期间：一切行动听指挥，谁愿意初次就留下一个不好的印象？不过，老傅的热情倒扎扎实实地感染了大家。

在集训的日子里，傅连山一天到局里去问三次，度日如年。

也真是有点儿怪，他们集训的日子比其他地区多了一半儿还不止，就是没有接到出发的通知。

星期六晚上，局里给他们发了京戏票：《十八罗汉斗悟空》，算是犒赏大家的。傅连山和梁友汉商量好，给王局长来个突然袭击：不打招呼地闯到他家里去，然后嘻嘻哈哈地"赖"在那儿说是要吃葱油饼，再逼着他当面说说，早一点儿把通知发下去，别让人等白了胡子！

商量好步骤，两人已经走到了局长门口。正准备伸手敲门，就听得屋内传出"吭吭哧哧"的谈话声，不知是谁已经捷足先登了。"管他！"傅连山拽着梁友汉闯了进去。

三张双人沙发上整整齐齐地坐着六条大汉。竟然是早已出发到其他地区去搭班子的几位负责同志。

傅连山莫名其妙，顾不上寒暄就嚷开了："见鬼，你们怎么回来了？"

分配到傅连山邻近地区的老杨，轻轻地摆了摆手，冲里屋一仰颏，傅连山这才发现王局长正挽起衣袖，挂着围裙，在一声不响地揉着面。他的老伴切着葱花，飘过来一股引人涎下的香味儿。

"你们什么时候出发？"老杨避而不答傅连山的问话。

"这不，还在待命呢！嘿！真羡慕你老兄啊！"

"我们?"老杨苦笑了一下,"唉,别提了,早知如此,真不该那么急就下去!"

"开什么玩笑?待不下去了?"

"那倒不至于啰。不过……一言难尽哪!"

几句不明不白的话,撩拨得傅连山和梁友汉心里痒痒的,非逼着他们说清楚不可。

"同这几位老弟比较起来,"老杨望望另外几位同志,"我去的那个地区算是最顺利的了。可是这里面有个什么味儿,我也品不清楚。到了地委后,地委很支持,原来的老班子对我们也很客气。没几天正式任命就下来了。嘿嘿,我们二十来个人,全是副职。"

"副职?"傅连山有些不理解。他知道老杨说出这话并不是计较地位,老杨是个事业心很强的人。局里确实指定由他担任业务上的主要负责人。

"哪儿下的任命?"

"地委组织部呗。"

"怎么?"梁友汉有些意外地插嘴了,"业务干部不是由主管局任免吗?"

"梁工真是秀才不出门,不知天下事。"另一位干部口气揶揄地苦笑着说,"除了工资由省局拨发这一条立竿见了影外,其余的……"他做了一个拨算盘的手势,"三下五除二啦!"

"我们那儿更是抓得紧。"分配到西南面去的那位"局长"开了口,"听说由省局发工资,原有编制一下就扩大了六十多个。加上我们新去的十七个人,总共超编了一点六倍,全报给省局了。地方上松了一口大气,有了国家饭,你们全去吃大户吧!"

傅连山觉得压抑，他不由得想到了自己，马上要兵发佳津了，处境会不会比在座的诸位好？但他还是信心很足，不管怎么说，四化建设的总趋势谁也不会不清楚吧？再说，还有省里的支持嘛。

梁友汉也是这么考虑的。他腰杆很硬地说："你们给省局汇报，不信解决不了。"

"都回来一个多星期了。"老杨又忧又急，"这些事局里也鞭长莫及，得向省委汇报。"

傅连山沉默了，他似乎明白了迟迟不让他出发的原因。在座的人思路都分别回到了自己的窠臼里去，屋内安静下来。厨房内煎烙饼的吱吱声和着各种菜肴调味品的香味乘虚而入，然而，谁都没有胃口了。

开饭的时候，王局长却谈笑风生起来。

"连山，听说你用大货车装着子弟兵到处兜风，不怕把人家吹感冒了？"他看了看傅连山不开朗的脸色，"好哇，让你摸到情况了？是呀，不太顺利，他们都回来叫苦了。不过总的来说还不错。来来来，边吃边谈。"

王局长的老伴端上了一盆热汤，大家一看就惊呼起来。这是汤吗？面上厚厚一层葱花把下面的什么东西都盖住了。

"哈哈，你们猜这是为什么？我们俩今天根本就没协调起来。"王局长笑着说，"我揉了五斤面，她呢？就是要切两斤葱，这不是各吹各的号吗？"

老伴嗔怪地回敬着他："这么多人嘛！"

"不不，你得承认，做饭这一行，你的业务水平不高。有什么办法呢？偏偏刀把子又在你的手上，真难办哪！"

傅连山将盛满汤的羹匙送到嘴里，细细地品味着。是的，这样做出来的汤，并不好喝。

快要吃完饭时，王局长简单地谈了一下局里对出现的问题的态度。

"关键恐怕还在干部问题上。明天我们草拟一个报告，请省委酌定，争取发个文下去。"

大家来了劲儿："发文？那太好了！"

"已经展开了的地区，还是得去，有问题再汇报。连山，你那拨人马……"王局长吞下了后半截话，很明显是有顾忌的，"我看还等几天，大概一个星期吧？"

傅连山明白王局长对"一个星期"的不肯定语气，他是想等待省委的明确态度。

一想到他们的省委……傅连山深深地点了一下头，不出声地从鼻孔内长长地叹出一口气来。他和梁友汉心照不宣地交流了一下目光，两人无言自通：没什么好催的，只能这样了。

四

又是三个星期过去了，省委的文始终没有发下来，好难熬的日子呀！

赴佳津的干部们既然决定到那儿去，便横下了一条心。加上傅连山和梁友汉起着劲儿地鼓动，心里越来越热乎，酿出了一股迫切求战的情绪。但架不住时间的消磨，这种情绪已开始冷淡下来。现在大家已在私下议论：像这样白吃大米饭实在不光彩，倒不如散伙了吧！

老傅和梁工急得像两只跳山猴，四处奔波打听消息。这段期间，他们特别重视"情报"工作，大致收集这三方面的内容：

一、省委的态度。他们获悉省委对局里的方案是热情支持的。尤其是负责工业方面的书记，亲口对王局长说过："不要怕有阻力，省委是有决心的。你们那份报告我看了，很好嘛。我认为是必须要这么做的！当然，这不代表组织啰。交常委讨论后再形成决议吧。你们不要有太多的顾虑，放开手脚干吧！"王局长把这些话转告给老傅时，他的嘴唇微微发颤。傅连山想：是呀，省里的决心这么大，发文看来只是个迟早的问题了。再说，只要领导上有决心，也并不完全在乎那一纸公文。

第二方面是收集已经下去了的地区工作的开展情况。综合看来，有好的也有不妙的。问题不断地反映到局里来，给人一种时忧时喜的感觉。谢天谢地，在地委的支持下，老杨和他的总工程师已担任了主要职务。原地区班子中一些有真才实学的业务人员也分别充实到领导班子里来。虽然行政人员大大超编仍无法控制，但总算建立了一个有业务能力的班子。这方面的情报得细心研究，那是佳津的邻居，多少能互相影响啊。

第三方面的情报尤为老傅等人重视，就是佳津地区的态度和动向。令人恼火的恰恰就是对这方面的情况几乎一无所知。通知早发下去了，石沉大海，音信全无。地委有什么打算？原机构有些什么准备？地区还有什么不同意见？至今仍然是个谜，几次想派人去联系一下，又怕一下子弄僵了不好办，干脆等省委下文吧，文到人到，问题可能就不大了吧？可是这个文又哪天能下呢？

佳津倒是十分平静。据省经委主任说，不要担心，佳津不是以前那种状况了。他们的一位经委副主任来省里开会时，明确表示过支持成立电业局的事。这固然不是第一手情报，但还是给傅连山和梁友汉等人带来了一阵狂喜。参考老杨那个地区的情况，也许是自己吓自己吧！希望是这样就好了。

"别等了，走吧！"局党委分析了一些情况，征求了几方面的意见，终于下了决心，正式通知老傅他们准备出发。

等出发，盼出发，真正要出发了，那可就不是一件容易的事。

佳津是本省的边远地区，东南与外省交界，西南又与另一省交界，形成一个独立三角洲的状态。全区地势很高，丘陵起伏，交通很不方便。从省城到佳津，除了唯一一条五百五十公里长的公路相通外，既无铁道又无航道。

老傅这帮人马本身倒没有老弱病残，可是"随军家属"成了最大的难题。费了好多心，磨了不少嘴皮才勉强精减了一小部分。

动身那天，傅连山开着"东风"牌，拉着大家的行李，天不亮就走了。

梁友汉负责率领人马，计划在路上走三天。吃完早饭，一切准备就绪。在车上清点好人数后，梁友汉掏出一盒"伤湿止疼膏"，挨个儿给每人发了一袋："把这个贴在肚脐眼儿上，比吃'晕海宁'的效果强得多。"

旅途上倒是一帆风顺。即将开展工作的热情，对一个将要在那里生活半辈子的陌生地方的好奇，窗外流进来的在省城不易吸到的新鲜空气，一直持续地维持着大家的兴奋。一路上令行禁止，像军队的作风一样。梁工的偏方十分灵验，加上路面又平坦，还真没有一个晕车的。

"进入佳津地区了！"有人喊了一声。

乘客们沸腾起来，都争先恐后地往窗外望去，有的人趴在窗口，有的人把头伸出了窗外，恨不得把路边的一点一滴都收到印象之中去。

梁友汉觉得这个地区的农业生产抓得十分有条理。粮食作物管理得很出色，一看就知道丰收又笃定了，远处层层叠叠的山峰上，没有杂色，绿茵茵地全部种上了杉树。离得近一点儿可以看到都已经长到胳膊粗细了。原来山坡上左一小块右一小块的"大寨田"，曾被农民们讥笑为"贴在山上的大字报"，如今已被地毯似的林海所淹没。连山碢边上，田头垄尾都种上了一些整整齐齐、郁郁葱葱的植物。那是什么？梁友汉看不清楚。

"黄豆！"邻座上的人嚷道。这可是个好办法！交一斤黄豆抵四斤粮食，还有奖励，对国家对集体都有好处。

美丽的绿色世界！绿色是多可爱呀！她常常使人觉得生机盎然，她也常常令人消乏止劳。梁友汉陶醉在大自然的油画面前，越来越对人们传说的谣言愤慨起来：

"这么好的地区，不简单嘛！领导水平很高嘛！看，路边上闪过一张张健康、开朗的笑脸，农民们是那么的心情愉快，信心满怀，我们还有什么好怀疑的呢？哼！让忧虑见鬼去吧！"梁友汉美滋滋地想。

汽车进入佳津市区时，司机放慢了速度，响着喇叭，缓缓地通过一个集市贸易区。乘客们狂呼起来，就像是哥伦布发现了新大陆一般：

"啊呀！好大的市场啊！"

"鱼！看，我的妈呀！水缸里养着卖，活的！"

"比省城便宜四毛钱一斤哪，乖乖！"

"看这边！团鱼，还有乌龟，大补品嘞！"

"那是什么？喏，那个白的？对了，海蜇。"

"哟哟，荔枝，新鲜的！好大的个儿……"

"什么都有，神啦！……"

…………

汽车进站后，大家拥下车来，每个人都宛如豪饮了几大碗醇香甜美的浓酒琼浆，兴奋异常。车站的规模不小，还是刚竣工的。局部地方的脚手架尚未拆除，越加衬托出这座现代化车站的气派。

仿佛成心让人醉个痛快似的，梁友汉他们刚下车，争先恐后迎上来三五位女同志，每人手上都举着一块精心制作的牌子，白色泡沫立体字夺目而入："佳津地区第×招待所，向您提供舒适方便的住宿条件……"

服务员和气大方地介绍道："……本所备有大小轿车，免费迎送。"

梁友汉一再向她们解释，我们是调这儿来工作的，不是做客的，单位有住房，一会儿就有人来接我们，非常感谢，等等。费了好大的劲儿才谢却了她们的盛情。望着她们有点儿扫兴的背影，梁工很不过意："一切都这么令人鼓舞。"

按照出发前商量好的方案，傅连山应该提前半天到达，为队伍打前站，而后到车站来接他们。梁友汉他们到站后，傅连山还没来，因此，梁友汉把大家安排在候车大厅的长椅上小憩，自己也找了一个正对大门的位置，美滋滋地坐下来。他静候傅连山在几位地方干部陪同下，乐呵呵地走进车站，挥着一双大手欢迎他们的到来……梁工笑了笑，明知这是心底的幻象，但他毫不怀疑这一刻的到来。

也不知过了多长时间，梁友汉猛地惊醒过来。伙伴们耐不住长途旅行的疲劳，已经含着甜蜜蜜的笑意昏昏入睡。只有两三个不知疲倦的小男孩绕着椅子追逐嬉笑着。梁友汉颇觉蹊跷：傅连山是怎么回事？应该来了！是不是有什么事？那也得打个招呼，留个言哪。对，看看旅客留言板去。

还未起身，傅连山来了。不过，没有人陪同，也没有挥手。

梁友汉迎上前去，有几分埋怨地说："你这家伙，成心让大家坐冷板凳！"

"我们那辆新车的临时牌照只能使用一个星期，让监理所给扣了。扣就扣吧，人生地不熟的，正找不到地方停车呢。"

"咱们现在上哪儿去？"梁友汉懒得管车，他只关心这一伙人。瞧着老傅孤孤单单地一个人出现，他觉得有些不好的预兆。

"今天先住招待所吧。"

"什么？"梁友汉张大了嘴巴，"住招待所？你还没去报到？"

"星期五，下午政治学习，不办公。"

"可我们这是特殊情况……"

傅连山挥了挥手："别说了，情况不太妙……住下再慢慢谈吧。"

一伙人只好又回头找到那些接揽生意的女服务员，表示愿意光顾她们那里。可惜晚了一点儿，没有车接他们了。走着去吧，好在不太远。

在去招待所的路上，这伙人突然中了定身法似的，面对着路边一栋庞大的房屋目瞪口呆：这是一座现代化的碑形建筑物，临街的一面全是六毫米厚的玻璃钢窗，淡黄色颗粒粉刷的洗砂墙面，造型方正巍峨。门口和门框同样高矮挂着一块大招牌，工工整整的仿宋字赫赫醒目：

佳津地区电力工业管理局

间或有些办公事的人员穿进穿出，门外停放着一辆小轿车、三辆吉普车和一些自行车。左边是侧门，用钢管和钢板网焊成。一辆工程车装载着头戴白色晴雨帽、全身披挂着蹬杆踩板等工具的外线电工，从院内驶出来……一切迹象都显示出：这座庄严的大楼，正在有条不紊地行使着权力。

梁友汉觉得脸上的肌肉有些发僵。眼前这一切，是这么的荒唐，但又是这么的一本正经，没有一丝做作的滑稽感。他脑子里浮现出喜剧大师卓别林创造的流浪汉形象：尽管他做着十分荒诞可笑的事，他却是特别虔诚地一丝不苟地进行着，你很难认为他不是在干正经事，因而，收到了一种格外幽默的喜剧效果。

"走吧。"傅连山手上提了三四个旅行袋，用胳膊肘撞了撞梁友汉，"要看有的是时间。"

梁友汉满腹狐疑地转过身来，他看见傅连山含意很不明确地冲自己眨了眨右眼。为了稳定同行们的情绪，他只好缄口不言地向招待所走去。

熬过了一夜失眠的痛苦，傅连山和梁友汉都觉得头有点儿发涨。天亮以后，他俩带着组织介绍信，还没到上班时间就向地委赶去。

地委大院坐落在离城市两公里远的地方，远远望去，完全没有市内那些正在兴建的"近代化"房屋风格。绿树环绕，偶尔从树缝中看到它那连绵不断的围墙，灰白色的，干干净净。房屋几乎掩隐在各种树木丛中，只是间或露出一两幢楼房的红瓦屋脊。

大门口岗亭外，荷枪实弹的战士挺着胸脯，纹丝不动。设岗的样式好像在哪儿看见过？老梁想起来了，上北京去开会的时候，有一次乘车经过西长安街，国务院新华门前的岗哨正是这个样子。

他们走进院内一看，惊诧得伸出了舌头！说来也很费解：不太豪华的办公楼，比较平常的院内花圃，算不上名贵的灌木丛，这一切也无可挑剔，但总是显得有些奢侈。什么原因呢？老傅和梁工终于领悟到了其中的奥秘：地盘占得太大了。不少领域完全没有利用，也被堂而皇之地圈在灰白围墙内，以致老傅他们好像进入了一个错综复杂的闹市迷宫，为了找到组织部的房子，问了六七次路，腿都走酸了。

别看院子里人不多，屋子里人可不少。这一栋房子上下两层都是组织部所属各科，而且每间屋子里都有好几个人在伏案工作。

递上介绍信后，老傅和梁友汉被客气地让进一间会客室。这间会客室有点儿古色古香，紫檀木的国漆沙发，让人看了总有些可惜它那上好的材料，没有做出应有的式样。

一名干部笑容可掬地端来两杯茉莉花茶，还没有放稳，就听得门外有一个纯粹的地方口音在训什么人："么子呀？昨夜间就来嘎嗒？无么大个事，不跟我哩打个招喝？不得张他！"

端茶的干部神色有点儿紧张，匆匆对老傅他们点头笑笑，赶快走出门去。

门外的景象从对面房门上方斜撑起来的窗户玻璃上折射到梁友汉的眼里。他看见刚才端茶的那位干部正附在一位短小身材的干部耳旁，轻轻地说着什么，还用手朝这间屋子指指点点。短小身材的干部抬起头来，炯炯发亮的眼睛，一副十分精明强干的外表。他不动声色地往这边望了望，很快，又轻轻地对端茶的干部说了几句什么，伴着手势，干净果断。端茶的干部连连点头，领受指示。最后，大概是问那短小身材的干部要不要见见客人，短小身材的干部稍一犹豫，当机立断地摇了一下头。只摇了一下，表现出坚定的作风。

此后，坐了四十分钟，一直没有人进来。梁友汉发现从门口过路的一些干部，经过这间会客室门外时，都小心地放轻了脚步，并且多少有些好奇地向里面窥视一两眼。连那位端茶的干部也不知去向，两人有些不安起来。

一阵急促的脚步声，那位干部来了。头上冒着热气，连声道歉："对不起，让你们久等了。"

随后进来一位体魄魁梧的高个头干部，五十来岁，白布衬衣，军绿色的确良裤子。未开口，脸上先漾起了热情的笑容。

端茶的干部十分得体地介绍着："这是我们组织部的戚副部长。"

傅连山和梁友汉连忙站起来，同戚副部长握手。

"省里来的？辛苦了辛苦了。"戚副部长很健谈地说道，"我有一个老战友，上半年一起转业的，分配到你们局里工作。姓普，普通一兵的普，认识吗？这位老兄，当时非要拉我一块留在省里工作。我不干，那怎么行嘛，地质局的工作技术性很强，咱们还是量力一点儿吧。对不对？听说你们地质局业务……"

"地质局？"傅连山坠入五里雾中。

那位端茶的干部实在难堪了。但他灵活得像只上了油的轴承："戚副部长，地质局的两位同志……刚刚走了。这二位是省电业局的。"

"哦？电业局呀？哈哈，好！"戚副部长坐下来，"什么事需要我们协作，尽管说吧。"

傅连山递上介绍信，无须说什么，那上面写得很明白。

戚副部长看完介绍信，十分困惑："怎么？协商建立地区电业局？我们地区的电业局不是早已成立了吗？"

傅连山按照昨夜商量的方案，一方面表示不清楚地区已经成立了电业局，另一方面非常耐心地解释上面的指示和具体措施。言谈中涉及电力管理上的许多专业问题，常常使这位副部长将眼光从对视中移开。费了老大的劲儿，戚副部长总算抓住了谈话的根本。

"这么说我们这个电业局不能算数？"这可是个严肃的大事，戚副部长脸上的笑容突然消失了。

"每个地区的电力管理机构都必须由业务主管局审批。"傅连山干脆地说。

"这不又是那个条……条条专政了？不过，关于条条嘛……"戚副部长感觉到近一段时期政策变动性很大，有些方针到底如何看，自己也不敢妄谈，"当然，我刚到地方上不久，这样吧，小罗！"

端茶的那位干部站了起来。

"你去请曾部长来同他们谈谈吧。"

"曾部长正在开常委会吧?"

"没有。今天不开。"

"……对了,曾部长说今天下去了。"点拨不通,小罗很着急。

"嘿!刚才还同我说着话嘛。去,就说我找他。"

小罗委实不愿意去,又不敢拗抗戚副部长的指示。正在左右为难之际,曾部长一步跨进了屋内。

梁友汉一眼就认出了他,正是在走廊外对小罗面授机宜的那位精干的地方干部。

"情况我晓得嗒。你哩是哪里派来的吗?"

戚副部长将他们的介绍信递给曾部长。曾部长无暇详看内容,一眼就逮准了那底下的公章:"省电业局?无就怪嗒!派干部来,何里没得省委组织部的调令?咯省电业局同我哩是平行的嘛!"

傅连山只好耐下心来,把对戚副部长说过的话又重复了一次。曾部长闪烁着明亮的眼睛,并不为别人所左右:"都晓得都晓得。我哩电业局已经正式任命嘎嗒,名单也报你们局嗒。无么大个事,你哩招呼都无得一个就来嘎嗒?太随便嗒吧?我哩咯里又不是菜园门!"

"省里的通知是怎么说的?那不算是招呼?你们这么草率就……谁太随便……"傅连山渐渐失去了耐性,幸亏梁友汉拉住了他,才没有往下说。

但是,这位曾部长看来并不好对付。他目光明亮,口气也显得非常轻松:"省里省里,哼哼,哪一个下来的人都是咯号口气。抬着天子压诸侯吗?恐怕我哩也不是吓大的吧?"

傅连山忍住了一句冲到嘴边上的话，他怕把问题扯到岔道上去争个不休。好在曾部长也无意多谈这种话，语锋一转，论起大道理来："搞四化嘛，都是权力往下放，你哩还要往上收，怪不怪？我看，这种主意只怕有点子问题嘞！"

　　梁友汉转过身来，对着傅连山，将双手插进风衣口袋里，伸出舌尖舔了舔上嘴唇。那含意非常之明显：怎么样？那天咱们深夜小酌时，我的担忧没有错吧？看看，果然就来了！

　　傅连山烦躁了，不由自主地放开了嗓门："什么叫作往下放？什么叫作往上收？专业对口不正是把权力往企业里放了吗？照你的意见，那么大一条京广铁路，经过哪个县，哪个县就得管它的业务，这才叫权力下放？"

　　"我哩这里无得铁路，也管不得那多！"曾部长语不塞气不结，"电业局的事，我哩组织部门不晓得那许多，咯是地委研究决定的。咯点儿权地委还有吧？有意见找书记去，我哩只晓得执行！"

　　找就找吧！问题既然摊出来了，总得解决嘛。正当傅连山和梁友汉起身的时候，曾部长又毫不客气地补充了几点"决定"。

　　"第一，你哩的组织关系我哩不得接受。第二，你哩的户口、粮食关系无得地方上。第三，你哩不能直接到电业局去干扰他们的工作。咯些丑话我哩要讲在前头。万一出嘎嗒问题，"曾部长语气严厉，"那咯是要负责的！"

　　老傅先后朝拜了三名地委书记，那情形正好像是朝鸭子背上泼水——不粘。对头越找越大，温度越升越高。到主要负责同志那儿，他的牢骚格外旺盛："这算什么事嘛！省里这些个局也太自大了嘛！唵？我们也是一级党的机构嘛！就不把我们放在眼里了？我不是说你们二位啰。搞四化嘛，还是要两个积极性嘛！两个总比一个好嘛！唵？就你们能？那么你们干去吧！像什么话！"

发泄完了，他又很亲热地问他们："住哪儿的？条件怎么样？就在这儿吃了饭再走吧？你们打算什么时候回省里去？有车吗？"

在老傅和梁工听来，这最后几句话简直是下了逐客令！憋着一肚子窝囊气，两个人焦头烂额地回到招待所，引起了人们好一阵骚乱。

傅连山饭也不吃，直奔电信局，一个长途电话直接挂到省城王局长家里。两个多钟头才接通，而且对方的声音微弱得几乎听不见。傅连山放开喉咙，声嘶力竭地讲述着这里的情况，为了使对方能听清楚，一句话住往要重复好几次，这次电话足足打了二十五分钟。

王局长在电话里告诉傅连山，就在他们出发的第二天，省局收到了佳津报来的名单。文头上写着"关于成立佳津地区电业局的通知"，所谓"通知"，也就是说，这是既成事实。文尾上注明："报：省经委。抄送：省电业局。"既是"抄送"，那么就根本不存在省局审批二字了。省局为此专门开了紧急会议：完全不承认它！

"伙计，你们要顶住。要反复对地委讲清楚你们是代表局里去的嘛！这不是开玩笑的事，原则问题。还有，要尊重地委。你那个脾气可得压住，这不比在省里，千万不要弄僵了。有些交涉我们出面，记清楚啦？"

往后一段日子，省局和地委动用了各种通信方式展开了争夺战。双方互不退让，愈演愈烈！傅连山这伙人夹在其中，可尝够了苦头。争夺越紧张，他们就越受气，在当地是叫天天不应，呼地地不灵，真是饱受白眼。

跟着，队伍和当地的摩擦就不可避免地发生了。一天，两名性情急躁的干部到面馆去吃面，旁边饭桌上几位顾客正在大声谈论着这桩轰动全城的新闻。谈着谈着，话语就忘了形：

"这些人也太狂妄了，竟敢欺到我们头上来，岂有此理！"一位顾客义愤填膺。

"这叫作不自量力，"另一位用炫耀的口气说，"强龙也压不住地头蛇嘛，哈哈……"

这两位干部忍无可忍，随即搭上腔去驳斥了几句。好，非常见效，麻烦招惹上了。当天傍晚，"有关部门"就把老傅找到电话机旁"规劝"了一顿："你们有些同志也太过分了，公然在社会上散布说我们的机构没能力，不合法？同志！要注意影响嘞！不要故意寻事端嘛！关系弄坏了对你们就没有好处哟！"

接踵而来的是队伍内部发生了经济危机。招待所的条件确实很好，但当你舒坦地享受着这一切时，你可不能不意识到这是需要交付昂贵的房费的。带来的旅费很有限，也压根儿没有想到要带更多些。时间一长，人们恐慌起来，为了节省开支，早几天已搬到两个大间去了，男的一间，女的一间，每间二十几个床位。随着时间无情地继续推移，不少同志已经借了一些公款。现在一清账，剩下的钱连吃饭带住宿只能维持三天了。

然而三天也不让你维持下去。早上，还是那位到车站去迎客的服务员，非常客气地找到了傅连山："非常对不起，我们昨晚上接到一个紧急通知，本所从明天起，奉命要接待一个重要会议，只好……"

傅连山毫无办法，到市区跑了一个上午，其他招待所以及大小旅店，都接到了同样的通知。老傅急昏了头，只好又在吃午饭时给王局长挂了一个长途电话。

"撤回来！"王局长异常恼怒，扔下了听筒。

所有的人都像王局长一样，积压在胸的怒气爆发了！大家慷慨解囊，凑足了回程路费，愤然上路了。

车开动时，没有一个人吭气，默默地回顾着这座城市，说不出是惋惜，是愤恨，是留恋，还是不甘心。只有一点是共同想到了的：挺好的那辆新车还扣押在这儿，什么时候再来取它呢……

五

王局长见到傅连山的第一句话很有点儿意思："嗬！胡子已经刮得干干净净了？"然后，抱起了自己的双膀，打量了他俩好一阵子。望着他们那明显清瘦下去的面容，他说不上是什么滋味儿。王局长很了解自己的下属，眼前这两名干部，一位是直通通的火炮性子，一位是实实在在的读书人。尽管他们精通电力管理，但在各种复杂微妙的人事交涉上，显然是同擀面杖差不多，一窍不通！

眼下他们寄满腔希望于省里，这是自然的。又不是为了私家利益，也不是一件小事，谁能相信亿万人民心心相向的宏图大业会遇到这点儿小阻力就停步不前了？笑话，四化呀！谁提到这几个字时，口气不是格外自豪呢？

"我该对他们说些什么才好呢？"王局长叹了口气……隔了好大一阵子，才斟字酌句地开了口："上次呈报给省委的那份文件……常委已经通过了。”

“噢！”傅连山惊喜了片刻，又有些奇怪：这么振奋人心的消息，王局长竟然守口如瓶？这人怎么啦？对了，他在磨我的急性子吧？

“什么时候发文？”傅连山可不愿意磨下去，兴奋地紧追了一句。

“发文？还得征求各地区同意才行。”王局长怪不得这么冷静，原来是张空头支票！

“什么？”傅连山跳了起来。他想到了佳津那座威风凛凛的地委大院：“那……那不是白费劲儿吗？”

“唉！真是乱弹琴。省委常委同意了，还要地委同意才行？地区不同意，省委就不办事儿了？我看关键还在省里，决心不大嘛！”王局长对省里的意见特别大。

梁友汉一直听着，没有发表意见。他敏感地意识到，这个问题是行政干部们讨论的范畴，他们言谈中提到的那个文，是涉及干部任免权的事，自己还是不开口的好。只是觉得这样一来，事情就复杂化了：省委不表硬态，佳津的事能解决？想到这里，一阵凉意侵袭到背脊，蔓延到全身。

王局长不打算对他们隐瞒什么。他端起茶杯，吹开浮在面上的茉莉花瓣：“佳津的情况，你们没有估计到，我也没有估计到。你们反映上来的情况，我们还没来得及向省委汇报，省里倒先找上门来了。唉！……”

王局长告诉他们，省里对局里的态度是褒贬各半。首先肯定了局里的良好意愿，也承认这种改革是必要的，接着又批评了局里太仓促了，操之过急。

"我国目前的状况就好比是……这个这个……就好比是害了一场大病，啊，刚刚好过来的病人吧？"一位省委领导同志忧心忡忡地说，"大补大泻都是不行的嘛。补急了会补得人虚肿起来，那不要了命？大泻呢，会把人泻断了气，也是要命的。只能慢慢来，慢慢地这个这个……调理嘛。"

组织部门的态度更是明朗，干脆支持自己的下属。没有理由怀疑嘛。各地组织部门都是经过党的长期考验的，他们有坚定的组织信念和丰富的工作经验。要害部门，哪能随便就更动章程呢？

"省委因此有顾虑……还有一些原因，就不便明说了。"王局长摇了摇头，不胜感慨。

王局长不说明，傅连山也确实不大了解这其中的隐衷。佳津地区可是一块"圣地"，历史上出过好些重要人物。现在上面还有两三位要人，他们的祖籍就是佳津，尽管他们出去了好几十年。尤其在省委中，有好几名领导同志都是从那儿提拔上来的，因此，别看它远离省城，芝麻粒大点儿事，不知道从哪条渠道就通上天来了。王局长在这次"争夺战"中，深深体会到了对方的不可动摇性，只能望洋兴叹了。

回省城暂时待命，傅连山闲得坐立不安。爱人已经把家安好，他可以不必再在梁友汉的行军床上过夜了。

每天的日程表几乎没有新的内容：早上起来，到市场上去买点儿菜，总算知道了鸡蛋、猪肝多少钱一斤，也是收获吧。吃完早饭到局里去"例行散步"，顺便取报纸。中午嘛，稀里糊涂睡他两三个小时。晚饭后，端着一碗小米去喂喂鸡。爱人不知什么时候从哪儿弄来了一窝小鸡，毛茸茸的倒也惹人喜爱。七点半关鸡笼，这可不能忘记，听说这里有野猫子，可爱拖小鸡呢。

每天晚上，都有几位从佳津败阵下来的待命人员来这儿闲聊。他们倒是带来了不少"动态"。如局里同佳津已经不打电话啦，问题已经完全弄僵啦，佳津根本不管局里的意见啦，如此，等等。

有一天，梁友汉带来了一个重要消息："知道了吗？局里把佳津电业局的工资报表全部退回去了，佳津局的人没地方发工资了！"

"他娘的。就是要强硬一点儿！"傅连山愤愤地嚷着。多少天来，这才解了一点点气。

"可是，捅了娄子啦！这儿……"梁友汉指了指天花板，"发脾气啦！"

"真是邪门儿！我们让人家赶回来那阵子，他的脾气哪儿去了？心里还有没有四化嘛！"

"唉……"梁友汉报以一声长叹。他毫不怀疑：眼下王局长、傅连山以及自己，又一次被投进了"退火炉"。

时间一天天地流逝着，意志一点点地被消磨掉。纠纷并不因傅连山等人退避三舍而平息，省电力中心调度所终于同佳津地区调度室发生了直接冲突！

这一天，中心调度所发现一条二十二万伏输电线路负载很大，正是枯水季节，几座大型水电站被迫减少了运行机组，造成电力暂时紧张。这条线是送往佳津地区的，中调值班员立即查询佳津地区调度室，要他们报总负荷数。几处核对，报上来的数总是与表上反映的不相符。中调怀疑他们报少了，言语中流露出不相信的意思，地调大发雷霆：“你们来看好了！可惜我们没有直升机来接你们这些贵客，又没有高级招待所接待你们！”

傅连山败下阵来的消息早已使局里的人愤愤不平。眼下听到这种挖苦话，中调气坏了：“你有什么好得意的？这不是你们的地盘！中调有权查询你们！赶快压负荷，不然就拉你们的闸！”

“谅你也不敢！”对方毫不示弱。他们知道，这条线路穿过两个地区，两个地区都报告没有超负荷，你又没有凭证，算到谁头上？闸就那么好拉的？中调明明是在吓人嘛。

中调气咻咻地还没转过神来，发电厂里传出叭的一声，事故光电排亮了一片！负荷因大大超过额定值，周波猛降，三类负荷的开关终于跳开了！

分析事故时，没有根据的怀疑是只好排除的。结果，写上了“中调情况掌握不准确，调度不果断，造成事故”的结论。冤天枉地，省里背了黑锅！

神圣的责任感，严重的局面，使局领导再也不能容忍下去！党委整整开了一天会。进去的时候劲头十足，出来的时候火气大减。很明显，最根本的办法只能是下决心改造业务管理机构，可这一点并非没有进行，而是根本行不通。会上，除了再一次（已记不清是第几次了）向上面写报告外，一点儿新招儿也没有。

从党委会出来，傅连山脑海里突地蹦出了一个新的办法。他摇了摇头，怀疑自己是不是还清醒着。他赶忙命令自己将这个讨厌的想法赶走，可是当他回到家里，这个想法非但没有被摆脱掉，相反已经牢牢地占据了整个思想，他只好认真琢磨起来。越琢磨还越觉得它真有点儿实用价值。

他打定主意，决心试用一下。但先不跟任何人说。如果出现了"奇迹"，大家一高兴也不会追问原因。万一没有用，也无声无息的没人知道。万般无奈了嘛，去试试吧。不知为什么，傅连山有几分把握，他相信这一招多多少少是有些促进力的。

从老傅如此慎重地掂量一步棋来看，完全可以证明他不是个聪明人。其实他不过是想起了去找一找省委的一位副书记——抗战时期自己的老上级，希望他对管理体制改革的事"帮帮忙"。老傅在这个时候才开始悔恨自己：这么多年了，也没有去看望过他一次。这下可好，有事相求就找上门去了。他暗暗下了决心，今后，得多往老上级那里去跑跑，平时多烧几炷香，抱起佛脚来就灵得多了。

省委副书记从自己的办公桌上抬起头来，眯着眼睛，连打量加回忆，好半天才追溯起这位老部下的原形："哦！哦！小傅？好家伙，这么多年也不来看看我？风风雨雨的，我还以为你交完了伙食账了！瞧这一脸的胡子，差点儿认不出来啦！"

傅连山心头涌起阵阵亲切感。望着这位老上级，他何尝不是面貌大改了？头发白如银丝，脸上的肌肉已经松弛，鬓角下隐隐约约现出了点点寿斑。那些年里，零零星星传说着他被整得九死一生。傅连山鼻子有点儿发酸，也真亏他熬过来了！

听完老部下的来意，副书记惊讶地望着他："啊？跑到佳津去瞎胡闹的，原来是你呀？"

"瞎胡闹？"傅连山万万没想到自己竟会得到这么一种恭维，"谁说我瞎胡闹？谁？"

"瞧瞧你这性子！唉，人家告上来了！我原来不大相信，这会儿你让我相信了。你呀！"

副书记扬扬手，止住了傅连山的辩解："如今地方工作不好搞哇！跟不上四化建设的形势，这是事实。可是有些人成天喊喊叫叫的，什么外行不能领导内行啰，这要改组啰，那要整顿啰，还要客观一点儿嘛。听说你们到佳津去，就全盘把地委的意见否了，根据什么吗？仗着内行的牌子，眼睛长到头顶上去了，连人家电业局的大门都不进去，还非要人家任命你们当这个那个的，这不瞎胡闹吗？"

说着说着，他的右眼角不知怎么就抖动起来，脑袋一个劲儿向右摇动，看样子生了很大的气。

傅连山只觉得喉头堵得慌。天哪！这是从哪个通天人物那里捅上来的呀？

副书记缓和了一些，他到底还是爱护自己的老部下的。他十分慈爱地拍拍傅连山的肩膀："小傅同志，不管你有天大的本事，尊重地方这一条可是无论如何也不能忘记哟。你还记得当年百团大战吗？没有地方上的配合，主力部队就不可能取得那么关键的胜利嘛。当年南下的时候，尊重地方党组织就定成了一条纪律呀。还有当年由供给制改成薪金制，中央一再强调要经过地方同意，哪个省同意了哪个省就改。当年……"

傅连山插不上嘴，一连听他数说了十来个"当年如何如何"。他不由得对此次造访之举后悔起来，这位老上级看来并不容易谈入港内。

"当然啰，有人可能认为我们的思想不够解放，这要看怎么说。当年打江山，流血流汗，还不是为了大家生活得更好些？四化搞不上去，谁心里不着急？我还恨不得明天就到了共产主义呢！可是中国的情况特殊，应该怎么搞，中央也在摸索嘛。你一句我一句就行了？艄公多了要翻船的哟！前不久，你们局报了一个什么文，非要省委批……"

"常委不是同意了吗？"

"不同意？那还不被人家说成是四化建设的绊脚石？谁愿背那个名？"

傅连山立即猜着了老上级的本意，这么久一直怀抱着的唯一希望突然幻灭了。

副书记眼光回到这位英勇善战的老部下身上，心里油然而生出一种凄凉感觉：他变了，变得老成多了。也许，他也有不少难言的苦衷吧？记得当年抗战时期，他是自己麾下的一名青抗先。第一次参加战斗，他是提着一口铡刀冲上去的。战斗结束时，他左臂让鬼子擦了一刺刀，而手中那口铡刀上，已溅满了红白脑浆，还粘着几根头毛！他了解自己的老部下，这个人要不是遇到了无法逾越的障碍，是不会轻易向人求援的。唉，曾经多少次出生入死，到今天还如此忘命地在第一线奔劳，也实在不容易呀！想到这里，副书记心里充满着怜悯。

"好啦好啦。一见面就批评你，我也是太急躁了。错误人人难免嘛，也不要太难过。既然你想去佳津工作，这也不是太困难的事，我给他们谈谈吧。不过，要吸取教训哟，再不要毛毛躁躁地瞎……反正不要凭个人意气办事，不是战争年代了，要有科学态度嘛。"

老上级完全误解了傅连山的意思，但傅连山根本不想解释。他只是在心中翻来覆去地觅寻过去老上级的相貌，越想越增加了陌生感。

不知为什么，傅连山感到自己突然变得非常卑贱！这会儿好像是一个无业游民，耍了很多无赖手段，在向一位有权势的人乞求着赏赐职业！他没有丝毫感谢心理，只是厌恶自己，他觉得良心上受了极大的侮辱，脑袋里头嗡嗡作响，眼前一阵阵发黑。

傅连山记不清自己是怎样从老上级那儿走出来的。总之，出了省委大门后，他身上黏糊糊的，胸口一阵阵地绞痛起来，呼吸也不均匀了。这可是从来没有过的。傅连山害怕会病倒下去……不，可不能病倒在路上啊！他顽强地支撑着身子，一步一步地向公共汽车站挨去……

六

傅连山果然病倒了。

人家说，从小常害病的人到老来没什么大病，抗惯了。而那些从来不害病的人不病则已，一病就不会轻。不管这条定律有没有科学根据，反正，老傅这条从不害病的壮汉，一倒床就是几天几夜没醒过来。这可把他老伴儿吓得不轻啊！

傅连山的老伴儿其实并不算老，论年纪还不到五十，比老傅小十来岁。她姓方名贞园，冲这名字就知道准是个知识分子。她是老傅在南方续弦过来的。

早在抗战爆发前，家里就给老傅包办了一位土生土长的农村媳妇儿。谁知老傅梭镖一扛，出去就是好多年。抗战胜利后，傅连山回到家乡一看，村子早已夷为平地，人影都没一个了。区公所的人告诉他，有一次鬼子扫荡时，把全村的人都用毒气熏死在地道里，二百多口人，埋得一个不剩！从那以后，老傅就更无牵挂了，动员南下时，傅连山一横心就报了名。

光杆一条，傅连山一直挨到三十来岁。个儿早不长了，可下巴底下的胡子却放了马似的往外猛着劲儿蹿，那相貌比年龄更显老。到了地方上，清匪、土改、进城、"三反五反"，忙得脚跟不着地，根本没时间考虑自己的事儿。

以后，各地办了一些政治干校，一方面培养干部的政治水平，另一方面也努力提高他们的文化。傅连山是第一批学员，当时政治干校的组织科长是同老傅一起南下的一位老同志，南下前任命为县长。他对傅连山格外地关心："我说呀，你那条腿怎么样了？看样子还挺来劲儿？哎呀呀，南下的时候，让人好一阵急哟！抬着你走了几百里路呢！有一次，碰上了土匪，噼里啪啦打了半个多小时。回头一看，你呀，好家伙，躺在担架上比我们打仗的人出的汗还要多，发着高烧呢！醒来还直问我刚才是哪儿出殡，哈哈，你命大！"

就是这位老县长，一听说傅连山的媳妇儿早牺牲了，就直劲儿埋怨开了："哎呀呀！你这家伙，怎么也没听你吭一声呢？咱们这些人，学校一毕业就要担任更重要的工作了嘛！身边没个人料理家务咋行呢？哎呀呀，你这个人……好好，我揽下这活儿了！就在政干校解决！哎呀呀，真是……"

这件事就这么稀里哗啦地开始了。老县长又是给他看照片，又是领他转宿舍，还经常派他到小组里去掌握讨论。老傅每次去都感到十分别扭，那些小组经常有几位不曾重复见面的女同志。

"算了吧，我的老县长！人家俊俊俏俏的大姑娘，咱搭不上。"傅连山终于求饶了。

"你给我住嘴！"老县长发火了，"瞧不上眼了？哎呀呀，你以为这些个大姑娘，刚从学校出来是不是？人家政治上挺要求进步的呢！听着，别走神儿！哎呀呀，你这思想太封建了，跟不上趟了。三天之内，你告诉我谁行。其余的你别管了，哎呀呀，真是……"

三天之后，傅连山真的去找老县长了。政干校有一名女学员，平时不大合群，大家也有些嫌她，常常在背后指她的脊梁骨。

"瞧她那身打扮，好像就她行似的。仗着多喝了几口文化水儿！"

"她呀，资本家的大小姐嘛，眼睛光知道看书本，不知哪天才能改造过来。"

也说不出为什么，傅连山中了邪，就是相中了她。

在老县长面前，傅连山生平第一次结巴起来。他一个劲儿地解释说："有文化……肚子里有墨水，这不算坏事……反正……比我强多了。"

老县长沉吟了半天，一连问了好几次："再没你中意的了？"或者"再没有比她好的了？"

傅连山说："就定她吧……你看不行……就甭再费神了。"说完真的要走了。

老县长一拍大腿："得啦！哎呀呀，你这个人，真是……唉！"

既然看中了她，怎么看就怎么让人舒服。傅连山又是生平第一次被一个女人迷住了，饭也吃不香，觉也睡不稳。每天晚饭后，总要找点儿借口到老县长那里去坐坐，希望老县长能主动地露点儿消息。老县长偏偏在这一段就是没有话说，连"哎呀呀"也没有了。傅连山急得抓耳挠腮，终于忍不住了："老县长……嘿嘿，那个事儿……"

"那个事那个事！真他娘的不好办！哎呀呀，我给她谈过了，人家不愿意！"

"什么？……不……不愿意？"

傅连山真好比三九天吃冰棍，从里凉到外。这条五大三粗的汉子，竟像小孩似的央求起老县长来，无论如何也要老县长想办法。而老县长却把头摇得像只货郎鼓，他碰了个软钉子，说出大天来也不愿意再去了。

"您瞧，您开口闭口包了包了的，要不是您，我也不会起这个心，谁知您……这么没能耐！"

"什么？我没能耐？你说的？哎呀呀，这……"老县长一拍屁股，走了。

激将法蛮灵，老县长就怕人家说自己没能耐。他下了决心，打了一个多星期的"持久战"，软的硬的都搬出来了。最后，他干脆摊了牌："哎呀呀，实话跟你说吧，像你这样的家庭出身，社会背景，能找到小傅这样的同志……"他把"小"字咬得特别响亮，"这对你今后的进步是有好处的嘛！怎么样？……哎呀呀，听我的没错！啊？……别不吭气！这是……"

他脑子里忽地拐了个弯儿，到底没把"组织决定"四个字说出来："这是我们几个人的决定！"

傅连山终于同她结婚了。当然，这就是方贞园。

不知是因为这门亲事带有强迫性，还是因为南方人和北方人"水土不服"，婚后两人的关系总有些不大协调。方贞园的脾气很大，尤其当她知道老傅曾经结过婚，更觉得自己委屈，动不动就吵开了。而傅连山却心甘情愿在她面前服服帖帖、温温顺顺，从不同她顶嘴。久而久之，老傅的忠厚、朴实、勤奋好学，以及他那种永不疲倦的工作作风，叩开了方贞园的心扉，两人越来越融洽了。虽然方贞园仍然未改那种盛气凌人的样子，傅连山却越来越喜欢听她发脾气。

"我警告你呀！莫以为抗过几天战就了不起了，连三角函数也弄不通！到了被人欺的那一天，莫怪我做得出来哟！"方贞园嚷道。瞪得圆溜溜的眼珠里，流露出只有傅连山才看得出来的柔情蜜意。

"是喽！拜你为师还不行吗?"老傅来了个九十度大鞠躬，两人头挨头地学习到深夜。

等到傅连山做完习题时，砰的一声，一碗热腾腾的牛奶冲鸡蛋被重重地搁到面前桌子上。方贞园就是这样一个人，即使是给人好处也是那么气冲冲的。至于做了好事能不能落得人家说句好，她压根儿也不考虑。

到了两人形影不能离的时候，劈头劈脸地遇上了那场史无前例的"文化大革命"。这一对老夫妻有时你为了我受欺，有时我为了你挨整，受尽了磨难，生死与共，休戚相关。当他们惊魂未定地从噩梦中苏复过来以后，泪眼相对，只有庆幸余生的份儿了。两人都已年过半百，很快做出了决定：抓紧有生之年，多干点儿事业吧！打那以后，老两口更是体贴入微、如胶似漆。只是有一条：方贞园那火暴暴的秉性不但没有收敛，反而更加放肆。而傅连山简直一天也离不得这种悦耳的声调了。

现在，傅连山突然倒了床，方贞园可不敢等闲视之！人面前，方贞园从来不提傅连山有什么病痛："别的我还有几分担心，身体嘛，我才不担心呢！他健壮得像头牛。"

虽然这句话能让傅连山笑逐颜开，过后总要感谢她好大一阵子，但从内心来说，方贞园唯一放心不下的正是他的身体呀！他常常悄悄地捂着头，血压一定低不了，说不定心血管也有毛病！

看看那脸色，肝脏一定有问题，他还老喝酒！听听呼吸声，肺叶和支气管不知怎么样了！方贞园自叹在这一点上不得不认输：你就是使尽了浑身的解数，也无法让他进医院大门一步！像现在这样总发作，方贞园早已提心吊胆地恭候着了。

只是有一点百思不得其解：他到底是什么原因犯的病。方贞园想问问王局长，还没待她开口，王局长却焦急地反问过来："他吃了些什么没有？你怎么不问问他？梁工知道吗？"

梁友汉更是摸不着头脑："他到什么地方去过？病倒的时候谁在旁边？"

方贞园急傻了眼，趁傅连山醒过来时，左一句右一句地紧追。傅连山除了叹叹气，摆摆手，就是紧紧地闭上眼睛，一句也不肯说。

"不说我也知道！还是到佳津去的事。你这个人哪，像块木头！关键时候一句话也讲不出来！如今办事，哪能那么老实？人善被人欺，马善被人骑！光闷在心里把自己闷病了，值得？是我呀，拍桌打椅跟他闹！光明正大的事儿，我就不信会输官司！人家为什么那么粗的气儿？背上扎着硬靠子呢。你也去找找人嘛，老县长现在是副省长了，找他去嘛！啊？……我知道你是死要面子活受罪，你不去，我去！……"方贞园真的要走。

"你敢！"傅连山一拳擂在床沿上，把自己也吓了一大跳。

方贞园停住了脚步，慑服地回过头来。盘古开天地，她头一遭被傅连山镇住了。

主将一倒，乱了三军。从佳津撤回来的那些人，一直闲在家里，不管从哪方面分析，再次出发也是遥遥无期了。从季节上看，农村已开始"双抢"，这个省以农业为主，粮食是万万丢不得的。改革的事只好缓一步再说。局里也好像平静下来。加上傅连山一病，就算是一切都解决了，走也是不可能的。

有几位同志找到梁友汉，告假几天。梁友汉怕引起傅连山不愉快，架不住人家几次请求，便自己做主准了假，反正闲着也没事干。跟着，更严重的事来了。一名干部递来了一份报告："梁工，请你考虑一下。不是不愿意跟老傅和你走，实在是拖不起呀！还让我回设计院吧。"

梁友汉摘下眼镜，掏出手帕战战兢兢地擦着鼻尖上的汗珠："这……这不好吧？"

实在没有办法了，梁友汉只好一百二十个不情愿地往局长办公室走去，打算把困难往上交。

在办公室门口，正碰到王局长出门，一辆小车停在门口。见到梁友汉那满面愁容，王局长哈哈大笑。笑得那么开怀，梁友汉简直要愤怒起来了。

"哈哈，梁工啊，瞧你这副模样，哈哈，还有气？好！不让你纳闷了。告诉你，部里来人了！"

"部里来人了？"梁友汉还没转过劲儿来，"干什么来的？"

"你真健忘。上次我们到部里去开会，不是布置了五省并网的事儿吗？这次是来检查各省的准备工作的。"

"天哪！"梁友汉叫了起来，这么快的速度使梁友汉根本无法相信。他很清楚部里的计划，靠这边五个省是全国范围内尚未将电网联并起来的几个区域之一。中央的计划是首先将一大片一大片的省先联起来，再扩展到片与片联网，这样一来，全国的供电系统就联成一个整体了。到那个时候，通过巨大的电网，各地都能互相补偿，互相利用，整个用电情况将彻底改观了！梁友汉曾经被这个庞大的计划振奋得失眠了好几天！然而，作为一个电气工程师的梁友汉，也深知其中技术、经济力量等方面的一切困难。如果仅仅是规划，还没有什么，一旦要实施，绝不是吹一口气的事。比如说吧，各省的省内电网至少得首先联并。我们省怎么样？根本还谈不上！尤其没料到这次到佳津去，使自己见识到了这么多非技术性的阻力，一直到现在回想起来就心悸……他不能不钦佩部里的勇气，说干就干起来了。但他又觉得这仿佛不大实际，总感到在如此宏大的方针面前，上下的步调根本就没有协调起来，能行吗?!

"我到机场去了。梁工啊，这次我们要排演一出戏，叫作《借东风》。"王局长坐进车内，伸出头来，"你马上去告诉傅连山。这对他来说，是一服灵丹妙药哇！"

王局长说准了。梁友汉到傅连山家里去的时候，傅连山刚刚喝下一大碗中药，苦涩涩的药水残留在舌根牙缝中，使他展不开眉根。看见梁友汉走进来，他躺在床上，伸手指了指沙发，一副萎靡不振的样子。梁友汉只说了"部里来人了"五个字，奇迹就发生了！傅连山一个鹞子翻身坐了起来，稳稳当当的，好像这么多天躺在床上，不过是午睡了两个小时一般。当他听完梁友汉详细叙说完毕后，竟麻利地下了地，一步蹿到梁友汉面前，双手抱紧了他的双肩，底气顿时充沛起来："好哇！伙计！这就叫作'山重水复疑无路，柳暗花明又一村'！咱们那班人马呢？这一阵子都急坏了吧！哈哈，快去告诉他们，准备出发吧！他娘的，可把我憋得不轻。走！到局里等他们去！"

好多日子没有听见老傅这样大声说话了，方贞园不知出了什么事，慌慌张张地赶出来。

梁友汉说什么也不让傅连山去："就算现在去能起作用，我去还不行吗？哟，这么不信任我，今后还要一起工作的呢！你有病，躺着听好消息吧！"

"不行，我的老伙计，这会儿不让我去，比害病还难受。谁说我有病？早好了。"傅连山执拗地向方贞园求助，"不信，你问她！"

方贞园立即响应："梁工，别大惊小怪的，他一点儿小病早好了。你们一起去吧。"

她给傅连山穿上外衣，若无其事地送他们出了门。看着傅连山瞅空子回过头来对自己无限感激地一笑，看着他微微有些踉跄的步伐，方贞园鼻子一阵发酸，失神地倚在门框上……

七

见到这两位不速之客，王局长冲着梁友汉直笑："我没说错吧？连山这家伙，说一句话，走一步路，我也能掐算出来。这不，病也没了。我还知道，你们准会到局里来找我，又让我算中了！好吧，既然来了，趁热打铁，咱们三人先聊聊。"

王局长把他们让到办公室，三个人容光焕发。这么多天来压在胸口上的沉甸甸的包袱，使他们很难透过气来。现在，他们感到呼吸十分畅快。部里的同志一来，很多问题就可以由他们出面协商了。不管怎么说，比自己出面强得多。特别是在问题弄僵了以后，双方都十分敏感，三两句话不对头，什么都谈不下去。在这种时候，部里的同志，一来可以调整一下关系；二来可以直截了当地同省委协商；三来嘛，他们是"上头"来的，王麻子剪刀——招牌响亮！你别小看，地方上不少人就吃这一套。正经地说吧，部里来的同志肯定要将部里的统筹规划、具体安排、必要性等等当面向省委介绍。从全局利益着眼，省委一定会引起重视的。王局长和傅连山他们正是深深知道这一点，才如此兴奋和轻松起来。

但是，有长期工作经验和全面分析能力的王局长，兴奋过后，却并未过分地乐观："刚才我从宾馆出来的时候，经委的负责同志也赶到那里，去看望部里来的同志去了。唉，凭良心说吧，省委难道会不支持部里的工作？不可能的嘛。反过来说，部里难道会完全摆脱地方，不依靠下面的力量？这更不可能嘛，看起来，这次……一般原则性地谈谈是没问题的，怕就怕不会接触到实际问题上来哟……"

几句话说得傅连山和梁友汉又是点头又是摇头，刚刚升起的热度又开始下降。傅连山被王局长几句话触发，他想得更多。显而易见，地方对中央是存在着一些抵触情绪，长期以来，两方面都做过一些努力，但从未很好地解决过。

傅连山回想起那天拜访老上级时的情景，在当时听来，他那些话真是不可理解，毫不为别人设身处地地想一想！但是，按照王局长这个"反过来说"的逻辑，傅连山稍许跳到老上级的立场上，立即又觉得自己也丝毫没有设身处地地为他想一想：他的话哪一句不对呢？

"他娘的，也是！公说公有理，婆说婆有理，讲不清楚！就说那天……"

傅连山出了点儿冷汗，那天的事可万万不能往外端！幸好王局长和梁友汉没有追问下去。老傅轻轻将手捂在胸口上，那里面又开始隐隐作痛。

看着两位话友情绪陡然低落下去，王局长觉得自己说得不太妥当。他笑了笑，口气变得愉快，诙谐了些："我们这些人哪，二八月的天，娃娃的脸，一天三变。说声晴就晴，说声雨就雨。有什么办法呢？风向多变嘛。我看，不用发愁。正是阴天转多云的时候，又来了这么一阵好风，日头准得出来，对不对？哈哈哈哈。"

王局长本想发出点儿开朗些的笑声，不料事与愿违。这几声哈哈在他自己听来都觉得是那么的干巴。傅连山和梁友汉也报以笑声，竟是一种无可奈何的苦笑。

傅连山毕竟是个在基层工作多年的同志，考虑问题就喜欢具体化："王局长，这次部里的同志来，得想法让他们解决一点儿实际问题。光是看看走走，那是蜻蜓点水、鱼打花，没有用。"

梁友汉说话有他的角度："人家是负责技术方面工作的，能向省委说什么呢？"

傅连山已经想好了一条"锦囊妙计"，他决定不顾自己的身体，也毫不顾虑前车之鉴。既然是为了工作，完全应该于心无愧嘛。一想到这里，他那倔脾气又恶性发作：豁出去了！

"王局长，你不是当着大伙儿说我这是孙悟空的毫毛吗？"傅连山摸着自己的络腮胡，"我可又要变点儿新玩意儿啰。怎么样？得看你敢不敢点头喽！"

跟着，一五一十，老傅把自己的打算和盘托了出来。

王局长直勾勾地盯住了傅连山的脸，好大一阵工夫没有说话：人哪，竟然有这么丰富的想象力！或者说，亏他能想出这么绝的招儿来，近乎恶作剧呀！

梁友汉更是怀疑自己的耳朵。同他朝夕共处了这么多年，在自己的记忆中，他这个人差不多没有一件事不是经过慎重考虑才说的。虽然有时候提得很突然，细细一想，又入情入理。可是今天，梁工发现自己这个结论下得过早了。亏他还是经过一阵算计才提出来的"锦囊妙计"，简直缺乏起码的常识！他这是存心想给几方面都造成一种难堪的局面哪！问题能不能解决另当别论，至少这是在拿自己的职务开玩笑！急傻眼了还是怎么回事嘛！

一直到晚上开完了研究汇报内容的会，王局长才对傅连山的"妙计"表了个态。他反复斟酌了利与弊，终于下了决心。

"连山，你那个招儿，我考虑了很久。我觉得这样做……不妥当。是的，很不妥当！你别插嘴！我看你会把事情弄糟的，算了吧！就这样决定了。"

王局长坚决地否定了傅连山的意见。为了不让他更多地纠缠，王局长甚至没再对傅连山看一眼，插上钢笔就走了。

第二天上午，省局把近段时期的工作情况向部里来的同志汇报了。

下午的安排是省经委组织的：由省委负责同志接见部里来的人，并且共同听取本省电力工业情况汇报，交换意见。

吃过午饭，还没到上班时间，王局长就赶到了局里，亲自把住门卫入口处，严防傅连山混入局里来。

去省委汇报的同志快上车时，王局长拦住了大家，自己首先登上旅行车，仔仔细细地检查着车内，连座位底下也没放过。然后，像验票的乘务员似的牢牢把住车门，一个个将乘客辨别得明明白白才让上车。

临开车时，王局长还专门指派办公室主任等候傅连山："等他来了，叫他到水文总站去参加他们的会议，这是党委的指派。记住，一定要等着他。"

一直等到车子开进了省委，王局长和梁友汉才算彻底放下心来：傅连山的锦囊妙计到底不能实现了。

部里的同志只比他们晚到一步。一辆日本丰田小轿车从宾馆驶进省委院内停下。王局长迎上前去，拉开车门……

像是被电触了一下似的，王局长全身肌肉一阵痉挛：傅连山笑盈盈地从车内跨出来。他今天格外精神，印堂发亮，很有一副机关干部的派头。

更使王局长哭笑不得的是，他居然一下车，就将右手臂文雅地向上抬起，摇了摇手腕子，那么彬彬有礼地对下面的同志致着意。并且俨然像是第一次见面的老首长，主动而又热情地伸出巴掌来同王局长握着手。

当着部里来的同志的面，又是在省委机关内，王局长实在不好发作。心里那股火呀！握手的时候，脸上倒没有什么，大拇指一使劲儿，将傅连山的虎口狠狠地按了三下，鼻子里出着粗气："哼！哼！哼！"

其实，这次是不能责备傅连山的。自从局长不让他草率行事并做了决定以后，傅连山虽然有些不甘心，但他也没有那么胆大妄为，硬要违抗局长的旨意。上午开完会，他也只不过想送送部里的同志。没想到从局里到宾馆的路上，几句话就同部里来的同志投上了机，他们俩非留老傅在宾馆吃饭不可。吃完饭，谈兴更浓，部里来的两位同志干脆放弃了午休，一直谈到动身之前。这两位同志一位姓林，是留学美国专攻电力运行的。另一位姓诸葛，在部计划司任副司长。别看是中央来的，可健谈啦。碰到傅连山也是这么一个健谈的角色，又加上他们对老傅提供的有关基层的情况非常感兴趣，另外，对老傅一些发自内心的见解又十分赞赏，正所谓情投意合，一见如故，相会恨晚！哪能一下子就刹得住？

傅连山更是如此。部里的同志热情泼辣，高瞻远瞩，耳聪目明，他非常钦佩。谈着谈着，已经打消了的念头开始死灰复燃，心里又痒痒起来，对自己的锦囊妙计再一次估价了一番。还没最后拿定主意，老林和诸葛就邀他同车前往省委。也难怪，在他们的心目中，还以为这位傅副局长是专程来陪同前往的。傅连山尽管稍有踌躇，却正好借桥过河，何乐而不为呢？"到那儿再看，人是活的嘛。"他想道。于是乎，就这么来了。

省委的工作程序安排得很严密，领导同志按时来到了会议室。接见、握手、入座、谈话，都有专人丝丝入扣地张罗，一点儿误差也没有。

各就各位以后，梁友汉细细地打量着这间会议室：茶几上盖着白色的确良桌布，洁净无瑕；地上铺着海蓝色地毯；四面墙壁上天衣无缝地裱着淡紫色的印花纸，既富丽堂皇又恬静肃然。屋内舒适而又清新，装有空调设备。最能引起注意的是沙发扶手上罩着白纱钩成的网巾，沙发靠背上也罩了一大块。不适应的人手不敢往上搁，头也不敢往后枕。在这种大雅之堂万一把这样雅致的装饰品弄到地下去，将是十分难堪的憾事。

梁友汉望了傅连山一眼，还好，他正是那种不适应的人。屁股只敢坐在沙发垫前半截，两只胳膊没地方放，只好撑在自己的大腿上，十指交叉托住下巴，指头还不自然地动弹着。尤其当互相让座的嗡嗡声停下来后，会场上短时间格外安静的一刹那，他更是无所适从。大概是为了摆脱这种心境，他轻轻地干咳了两声，屋内产生了空箱共鸣，一下把这两声咳嗽扩大了几倍，竟把大家的视线都引到他身上来。梁友汉发现老傅的脸红得厉害，老天保佑！他大概再也不敢提什么"计"不"计"的了。

会议开始了。这并不是平时那种例行会议，即便是汇报，也近乎座谈的形式。没有谁主持会议，也没有安排发言次序。上下十分融洽，谈笑风生。越来越亲切，越来越自然，任何人都毫无拘束。

谈话的中心议题正是千百万人关注的四化建设问题。共同的目标、共同的责任使大家暂时忘却了不同的手段及不同的途径。气氛热烈得使人忘怀：从目前电力供不应求谈到本省正在动工的两座大型水电站；从两座大型水电站又扯到一百二十项重点工程。接着便放眼全国：什么远程运载火箭啰、农村新经济政策啰、工业战线的保护竞争啰、国际市场啰、人才问题啰、教育战线啰、渤海二号啰，等等，无所不包，既切题又离题！

这种不着边际的漫谈正是王局长担心的局面。他斜视了傅连山一眼，真糟糕！他的双眉不知什么时候已经穿成了一条线，腮帮子上的肌肉上下抖动着，看来他早已不能忍耐了。

王局长赶快抽出钢笔，在自己的左手背上画了一个惊叹号，再打上一把叉。这是在挨批斗时他同傅连山遗留下来的"默契"，表示"不准鸣笛"。王局长把左手伸到傅连山的沙发扶手上，食指轻轻地敲打着扶手，以便引起傅连山的注意。在别人看来，又是个无意的动作。

但是，已经晚了！傅连山噌的一下站了起来，为了压倒人们激昂的议论声，他把嗓音提高了八度："我来打断大家一下！我有几个问题要说！"

　　会场上安静了一些，大家先后将目光集中到傅连山身上。每个人的脸上分明还滞留着对刚才议论的大好形势的兴奋表情。

　　"请坐下谈，坐下谈。"一位省委领导同志向傅连山招着手，矜持的手势显得那么随和而又稳重，旋即，他认出来了，"傅连山？嗬！变年轻了，我又没认出来，这家伙。"

　　但是，傅连山却早已认出了自己的老上级。在座的经委、计委、建委，还有些部、办的负责同志他都认识。这些同志也许没有注意到他，也许只顾同部里的同志谈话去了，反正没有谁向他单独打招呼。只是让老上级一点名，倒使傅连山突然想到：从开会起，没有人站起来发言的，自己一激动，也太出格了。他坐了下来，这才发现王局长手背上画的"密码"。怎么办？引信已经点着了，这一炮还爆不爆？

　　部里来的老林给加了一把火，他向大家介绍说："老傅同志对电力管理体制的改革，很有些高见，我们欢迎他谈谈吧？"

　　这下子傅连山再也稳不住了：疮疖子不捅破，脓水挤不出来。他娘的，豁出去了！

　　"高见？咱有自知之明，不敢说。意见倒有几条，也不敢说！刚才在座的领导、专家们谈到我们国家的四化建设，不知为什么，我听着听着总不对劲儿，好像那些个东西是另外一个国家的事儿，又好像是离我们很远很远的事儿。我倒想提问一下，我们怎么办？眼下怎么办？是不是请大家谈谈这个问题？合适不合适，请领导考虑一下。"

　　姓诸葛的那位副司长初来乍到，根本不知道原委。凭直感，他认为这个问题提得好，于是，带头响应："对！这是个实际问题，有必要谈，很有必要谈他一谈。"理智突然提醒了他——这是在地方上，他于是又转向身边的几位领导同志："你们的意见呢？"

一片赞成声。谁能不赞成呢？傅连山这一把斧头，把人家逼到老虎背上去了！

不能再犹豫了！王局长抢先发了言。这是自从进了这个会场后，他反复思考的应急措施。傅连山的所谓"锦囊妙计"，就是要利用部里的同志与省委领导见面的机会，三头对六面地把矛盾挑开，越直接越好，越尖锐越好，干脆把一些顾着面子的脓疮挤出来！他的看法是，尽管不大可能当面就解决所有的问题，至少省领导总得有句话吧？他说这着棋叫"将军见面"，是步杀着，很可能会打开僵持局面。王局长之所以反对这一步棋，是担心弄得领导下不来台，事情反而不好办。要是人家口头上说这件事确实应该如此这般，好吧，我们研究研究再说吧。这不又将和了？在内心深处，王局长还有一层担忧：当面激怒了领导，不能不考虑后果呀！偏偏傅连山这么不明事理！不让他来他非来不可，不让他说他就是要说。万般无奈，只好自己硬着头皮扛着吧。

"具体谈到我们省的电力管理情况，比其他省是要落下一大截。主要是在改革管理体制方面，进行得较缓慢。个别地区还没有实行专业化改组，拉了全省的后腿，这固然给区域大并网工作带来了些影响。这个问题嘛……当然是省电业局没有抓紧，特别是作为主管业务工作的人，我应该负主要责任……"

这一番不疼不痒的话连王局长自己都不满意。有什么法子嘛，既要指出点儿问题，又不能太为难省委领导；既要有点儿事例，又不能具体指名道姓；既要尊重客观事实，又要多揽点儿主观责任。更恼火的是，既要发言，还要不断地对傅连山使眼色：他简直像一匹听到冲锋号的战马，早就焦躁地蹬蹄子啦。可以设想，这一段斟字酌句的发言，能谈出什么名堂来呢？

真是小看了芸芸众生，在座的诸君中，忧国忧民者大有人在。王局长发言刚落音，好几位其他部、办的同志相继表示支持。他们比王局长谈得更具体，更直接。针对省委前一段的工作，十分恳切地谈了自己的意见。看来，大家胸中都有郁积，家家都有一本难念的经啊！

领导同志认真地听取着大家的意见，频频地点着头。手上的铅笔顺过来倒过去，也没往小本儿上记。没有什么好记的，这些都不是新问题了。

有一位领导同志瞅空子打断了大家的发言，朝这边喊道："傅连山，谈谈你的意见吧。"

"那我就不客气了。"傅连山求之不得，"我认为，电力是四化建设的先行官，是工农业生产的命脉，必须强调专业化、系统化。可是，在这次体制改革中，我们却遇到了很多不应该遇到的矛盾……"

傅连山以自己的佳津之行为例子，一点一滴地指出问题所在："……有矛盾是必然的，这不奇怪。奇怪的是在对这些矛盾的处理上，有些领导却那么不重视专业化改组的必要性，而是片面地袒护自己的下属部门。可不可以说，这就人为地给四化建设造成了障碍呢？"

人们开始交头接耳起来。梁友汉特别注意观察领导们的反应。这个平素小心谨慎的知识分子，刚才还在一直为傅连山提心吊胆，说来也怪，这会儿，炮冒响了，他不但不怕了，反而暗暗叫起好来。后面那几句话，他分明觉得老傅说得过分了，但听着就是带劲儿！甚至他心中在盘算着，必要时我是不是也来他几句？

一条、两条、三条……傅连山清晰明了地提出自己的意见，不蔓不枝，一针见血。虽然有些话缺乏语言上的修饰，但谁都承认，这些话是正确的。

"一句话，如果是真心实意要把四化建设搞上去，必须要树立全局观念。对势在必行的改革工作，一定要给以组织上的保证。否则，哄着孩子买月亮——全是假的！"

不少人原来以为今天下午就是同省委领导和部里来的同志见见面，随便谈谈就完事了的，没想到蹦出这么一个傅连山，一下就把整个和谐的气氛破坏了。会场上沉闷起来，对傅连山这片赤诚之心，说不清是佩服，是同情，还是担心。

但是，省一级的负责同志，大多都是从枪林弹雨中过来的人。尤其在十年浩劫中，什么刺激没经受过？何况傅连山这几句话，到底比那些要顺耳一些。于是，他们总算始终保持住了宽豁大度的神态。

"……好嘛，敢说话，说真话，反映了我们党内活跃的民主风气，省委支持。"省委副书记，也就是傅连山那位老上级顿了一下，用目光扫了扫身边坐的几位领导。他们都含着可亲的微笑，深深地点着头表示同意。

"电业局提出的这个问题，很值得考虑。前一段，我们对专业化改组是重视得不够，有些保守。到底应该怎么做，省委也在研究，又要专业化、系统化，又要保证地方上的自主权，如何掌握这些关系，还需要一个认识过程嘛。"

他恳切地希望在座的各位多多体谅一下省委的困难。末
了，还用轻松的口气对傅连山说："我很理解你的心情，就不知
道你是不是也理解我们？目前，一切都发生了变化，我们要对
工业、农业、商业、文化教育等方面做通盘考虑，可不像你们
只管好那几条电线一样简单啰！"说完，他的头又开始向右扭摆
起来。

这句话给部里来的人和电业局的同志都带来了不愉快。副书
记也觉得说得不是地方，便赶快结束了他的话："好吧，你们提
的问题，我想是能够尽快地解决的。我这些话完全是个人的意见
啰，不代表省委。不过，我会把大家的意见提交常委，再认真地
研究研究。"

得！果然不出王局长之所料：将和了！

八

谁要是认为傅连山的锦囊妙计失算了，或者是认为没有收到
什么效果，那他就完全想错了。别看他粗三大四的蛮样子，心里
想得可深着呢。他觉得当着部里同志的面，还有各部委的同志都
在场，自己提出那么多问题来，根本不需要部里的同志再发什么
言，已经就是很大的压力了，省委非重视不可。对省委领导同志
是应该充分相信的，但是，非要他们面对各种各样的习惯势力毫
无顾忌地快刀斩乱麻，也是不现实的。傅连山正是看准了这一
点，才敢于冒了炮。也许有人要对他那些偏激的话进行挑剔：这
不能算是胸有城府的人吧？也不尽然。这一段时间的倒床，傅连
山尝到了吃药的甜头，对那些瘟瘟疲疲的病就是要强刺激。常言

说"良药苦口利于病，忠言逆耳利于行"嘛。

从省委出来，王局长好大的牢骚，足足把傅连山训了半个钟头，他真的动肝火啦！后来，到了家门口，梁友汉想缓和一下气氛，笑嘻嘻地说要到局长家再"混"一顿饭吃，王局长说什么也不让他们进去："山珍海味我也吃不下去！再倔的人也架不住三次劝吧？你倒好，使起性子来闸都闸不住！你知道在你生病的那些日子里，我到省委去吃了多少熏鱼吗？人家说咱们在搞独立王国呢！乱弹琴！人事任免权是个很敏感的问题，不到火候你就在会上瞎捅一气！你能脱离地方吗？你就能够代表中央吗？昏了头了！别忘了，连省局的干部任免都要由省委决定呢！我真不知怎么说你才好！走吧，今天我没有你们的饭吃。"

傅连山可不是那么容易被局长几句话就"熏"趴下的人。他转过身就对梁友汉打了赌："局长说得太吓人了。专业化改组只能给地方上带来好处，这点儿远见省委是有的嘛。瞧着吧，地区那些小道理要管住了大道理，我把这八斤半输给你！"他指了指自己的脑袋。

脑袋是件顶要紧的玩意儿，可不能输掉。事实到底证明了傅连山棋高一着。星期天一过，局办公室就接到省委组织部电话通知，请负责同志到他们那里去一趟。王局长走之前还满脸阴云，回来时豁然开朗。而且，这次是他主动地找到傅连山家里讨烙饼吃了："喂，伙计！"他一进门就板着脸，拍拍傅连山的肩膀，"你要倒霉啦！"

王局长到组织部去的事儿，傅连山知道。到底为了什么事儿，他可说不上来。从王局长那装腔作势的神气上看，绝不是倒霉的事。他故意做出漫不经心的样子，很随便地说："得了，我早就知道了。什么好消息瞒得了我?"

王局长乐了:"哈哈,凭你这鱼不跳水不动的温样子,还说知道了?告诉你吧,到佳津去的事马上就要解决了。"

"什么?"傅连山闪电般地回过头来,"你再说一遍!"

"这可不行,肚子里还空着呢。烙完饼再说。"王局长心里一高兴,卖起关子来。

傅连山像个魔术师,一伸手不知从什么地方摸出了一瓶五粮液:"甭烙饼了,来这个!"说完,硬把王局长按到藤椅上,嗖嗖嗖地端来几个冷盘,迫不及待地就着酒打听起来。

王局长告诉傅连山,自从前天他噼噼啪啪放了那么一阵炮以后,省委负责同志感觉到了问题的严重性:一个地区拖着,全省的事都受影响,并且还拖了国家的后腿,这怎么行呢?省委下了决心,应该尽快地解决这个问题。这不,今天就开始动起来了。组织部对王局长说,关于班子搭配的问题,省委强调了业务能力。组织部表示一定按这个前提去办,已经通知佳津地委了。他们也已经闻风而动,地委的负责同志愿意来省里协商这个问题,并且已经动身了!

"嘿嘿,这着棋还真叫你撞对了!"王局长抿了一小口酒,故意用"撞"字来形容傅连山那着棋。意思是:即使对了,也很带偶然性,不可多用。

傅连山还想更多地从王局长嘴里捞出一些细节,可惜王局长在那里待的时间不长,除了这些以外,其余的确实无可奉告。

"行啊,只要动起来了,其他就好办。真没想到,省委这么重视,说动就动了!"

傅连山回想起前天在省委开会时,自己那毛毛躁躁的态度,心中十分内疚。无论自己的出发点怎么样，应该承认当时对省委是怀有成见的。省委是不是一味袒护下属部门？太冒失了，根据也不足。问题到底在不在省委？人为的成分到底有多少？谁也说不清楚。但是从今天的行动看来，不管自己批评得对不对，省委不但没有计较，而且雷厉风行，马上着手解决，这就不由得不让人回头检查一下自己了。

傅连山怀疑自己对省委是误解了，怀疑自己挑水找错了码头，甚至怀疑当初该不该从佳津撤回来。如果继续在那里坚持一段时间，耐心一点儿，反复找找地委协商，问题或许早就解决了，现在地委的态度不是很积极吗？当时自己凭什么肯定非回来不可呢？对了，王局长下了命令。但他又没有在当地，情况还是自己反映的嘛。是的，当时确实遇到了很大的困难，这些困难是不是就无法克服了呢？就说经费问题吧，那么大一个地区，还借不到这么几个钱？笑话……傅连山越想越觉得自己有责任，差不多够得上"临阵脱逃"四个字了。他脸上开始发烧，心中暗暗发着誓："这一次，只要能下去把工作展开，绝不提更多的条件。他娘的，不管有多大困难，再往回撤就不是人养的！"

佳津地区来了三名同志。一位是地委书记，就是那天当着傅连山和梁友汉发牢骚，后来还强调"不是说你们二位啰"的那位书记，现在知道了，他姓郭，地委主要负责人。再一位就是上次到地委组织部去的时候，那位退避门外的曾部长。还有一位，没见过。姓郑，名叫义桐，身份不太详细，据说也是地委机关的一名负责干部。

为了尽快地达成协议，为了更好地开展工作，也为了将关系解解冻，省电业局非常隆重地欢迎了他们，做出了很高的姿态。

第一天见面，双方寒暄了十五分钟，然后一起坐到会议室去品尝龙井。大概是表示"洗尘"的意思吧，局里破例举行了一次盛大宴会，一下就把会见推向了高潮。几杯酒下肚，情绪热烈起来，一时间觥筹交错、兴致勃勃。

傅连山和梁友汉双双拉着手，川流不息地来往于宾主之间。有一次，他俩端着酒杯走到地委郭书记面前，说什么也要敬他三杯酒。郭书记十分爽快，三杯酒下肚，喝蜜汁一般，眉头也没有皱一下，大家高兴得鼓掌喝彩起来。

敬到曾部长面前时，曾部长虽然自称"点酒不沾"，但也没让大家扫兴。他拿起勺子，满满地盛了一大碗鸡汤，权且以汤代酒，一口气喝了下去，又博得一阵喝彩声。

散席的时候，天已经完全黑了下来。王局长、傅连山、梁友汉等人一直把客人送上车，到车开得看不见影了才回过身来，三人相互望了一眼，缓缓地踱回局机关。

一轮圆月不知什么时候从办公楼那梯形屋顶后面冒了出来，仿佛就架在办公楼上一般，特别大，又特别红……

"好兆头！好兆头！"王局长兴高采烈地指着那月亮，"看！圆圆满满的。啧啧！这个头开得好！"

看着他那虔诚的样子，傅连山和梁友汉忍不住扑哧一声笑了起来。是呀，开端是良好的，但愿一切如意。

九

酒是一种什么东西？怎么就能把人弄醉了呢？据医生说，主要是那里面有一定比例的乙醇，说白了，就是酒精。这玩意儿喝下去，能使人的大脑皮层兴奋，喝多了还会使中枢神经麻痹。所以往往一遇到欢乐的场合，为了使气氛更加热烈，人们就用它作为上乘饮料，来刺激自己和对方。

但是，有的人却不同，他的肝脏对酒精的分解能力特强，酒喝得多一点儿也不会醉倒，人们称之为"海量"。佳津的郭书记就属这一类。还有的人对酒精的分解能力很差，他也不容易醉倒，因为他总有长处：自我克制能力很强。比如曾部长就是这样。鸡汤喝得再多些也是不醉人的，那里面绝无乙醇，只有另外一种物质，医生那儿也有名字——胆固醇。

可能是因为上述原因吧，反正宴会上的欢乐气氛并没有带到谈判桌上去。一接触到实际问题，大家都严肃得不行。鼓做鼓打、锣当锣敲嘛。不能认为谈工作就一定不能轻松些，而是佳津地区同省电业局根本就谈不到一起去！

首先，佳津一连串提出了几个问题，一下就把大家推到了浪尖上：我们批准的那套班子，你们有什么理由不承认？原来在地委领导下的供电公司，管了那么多年电，偏偏你们就认为缺乏业务能力，根据在哪里？你们完全置地委意见于不顾，武断地拒绝批准他们的工资计划，这种做法算什么？说呀！

局里的代表被这几问弄了个冷不防，气不打一处来！针尖对麦芒，也回敬了三条，以攻代守：各地成立电业局应由省局审批，这有明文规定，你们为什么不同主管局研究就先斩后奏？即使你们那个班子有业务能力，省局从全局整体出发，调剂平衡一下，加强业务力量，为什么就不行？第三点简直有点儿像小孩子吵架了：我们不批你们的工资还有道理可言，你们竟把我们派出去的人都赶回来了，这有什么道理？你们说呀！

紧跟着，一句强于一句，你来我往地争论开了。不知是谁一激动先拍了一下桌子，大家马上发现了这个动作来劲儿，于是争相效仿。乒乒乓乓的击桌声伴随着越提越高的嗓门，厅内陡然出现了爆炸性的局面。就像是一支庞大的交响乐队演奏到高潮乐章时，吊镲、大镲、小军鼓、定音鼓一齐加入进来一般。

　　"行了行了、行了！"省经委主任听不下去了，他像乐队总指挥一样站起来，使劲儿地压着手势，好大一会儿才安静下来。

　　"你们我们，我们你们！谁呀？不都是我们自己的事儿吗？首先你们思想上就没有一个全局嘛！这样乱下去能讨论出个什么结果呢？从现在起，宣布一条纪律：过去了的事儿，谁也不准再提！向前看嘛。"他看了看沉默下来的双方，缓和了一下自己的语气，"现在继续谈吧。"

　　双方冷静了一点儿，接着发言。由于纪律的约束，都不太情愿地避开了以前的事，开始接触到具体方案上来。谈着谈着，矛盾又出现了：不是你不同意我的方案，就是我不同意你的方案，铺在枕木上的两条铁轨，总拧不到一块儿去。

　　在省电业局看来，佳津没有半点儿让步的意思。已经建立的班子一根毫毛也不能动，他们来省里的宗旨仅仅是要你承认也得承认，不承认也得承认。目的也很明确：批工资！以取得完全合法的地位。

　　而在佳津地区看来，省电业局全力以赴就是想吞掉他们的地区电业局。通过这么多年群众办电、群众管电，辛辛苦苦花了那么多人力物力建立起来的单位，他们说收就要收，这个亏万万吃不得！今后抵在眼皮子下的电衙门，看得着管不着，地区一点儿主动权也没有了，那不等于让人卡住了脖子吗？不，绝不能让步！

整个协商过程一直呈波浪形进展着。隔不了一会儿出现一个小高潮，经委主任就站了起来，叉开双腿，向两边平伸出手去。那样子使人想起了"大"字的形状。这一波平息了，那一波又起来了，于是，"大"字又出现了……如此反复了不知多少次，大家才想起来：肚子饿了。

　　第二天接着协商，又是像头一天一样，而且更加尖锐。因为晚上回去后，双方都想出了很多驳斥对方的新理由，挖出了另外一些刁难对方的新问题，架势一拉开比头天更加激烈。挨到散会时，经委主任的耳朵都快震聋了。

　　第三天跟头两天一般无二……

　　第四天毫无进展……

　　第五天外甥打灯笼——照旧（舅）……

　　第六天……

　　一个星期就这么晕头转向地过去了！

　　星期天是法定公休日，为了养精蓄锐，双方"停止炮击一天"。

　　佳津来的同志抓紧这一宝贵的战斗间隙，挨家挨户去拜访老首长去了。王局长和傅连山、梁友汉坐着小车到省委接待处去对他们做"礼节性拜访"时，扑了个空。王局长立即想到他们是从"圣地"来的，要达到个什么目的，绝不会像自己这样只吊在一棵树上。他们路子广着呢，连省委负责同志也得时不时地将就着他们一点儿。想到这里，王局长马上意识到对方此举的利害性，不由得抽了口寒气。

　　回来的路上，王局长忧心忡忡："连山哪，我真担心。根据这个情况看来，你到了佳津后，不会有好果子吃呀！"

"我倒是担心还去不去得成。"傅连山天生地不服硬,"根据这个情况看来,我是非去不可的。梁工,你要是怯阵了,我不拉你垫背。局长在当面,现在正好提出来。"

梁友汉自尊心很强,一听到"怯阵"二字,白皙的脸皮立即涨红了:"笑话!看我架了一副眼镜是不是?这点儿志气还是有的。只是……像这样无休止地争下去,还要拖到哪一天才算个了呢?"

正当大家将养好元气,劲头很足地继续开会时,经委主任陪同着省委副书记走进了会场。他没让大家谈下去,一开始就摆出了"大"字形,来了段开场白:"省委很关心我们的协商情况。同志们哪,现在,在我们面前还有很多重要工作要做,我们要有紧迫感哪!这个会明天结束,不能再拖下去了。"

他俯下头来低声征求了一下副书记的意见:"那么,就请省委副书记谈谈省委的意见吧。"

副书记没有多少客套话,直截了当地开了头:"情况了解了一些。听说矛盾不少,摊出来是好事,引起大家注意,对今后的工作有好处嘛。电力管理不是件小事,它直接关系到整个国计民生。大家开了几天会,之所以争论不休,就是都已经认识到它的重要性了嘛,这也是好事。省委意见,会议不要延长了,工作很紧,要干起来。纸上谈兵是无济于事的,怎么办呢?还是得靠你们协商。我提一个大的原则吧:双方都要妥协,都要让步。这是经过我们几位在家的同志研究了的,请你们遵守。具体做法也研究了几条,请经委主任和组织部对大家传达。"

他的话刚落音,一辆小轿车就开到门外了。他看了看表,向大家点点头:"还有个会,我就不能陪大家了。总之,希望你们团结一致,把我省的电力管理工作搞得更好。"

副书记走后，经委主任花了很长一段时间做说服工作。谈到前一段省电业局同佳津地区的矛盾时，他用了大量的事实对双方进行了同等程度的批评，分量就像是用精确的天平称过了一样。也就是常说的各打五十大板吧。这一段话结束时，上午还剩两个小时的时间。他抬起手腕看了看液晶数字显示电子表，对下面的议程做了安排："上午不开会了。大家分头讨论两个小时。题目是不是这三方面呢：第一，认真领会省委的指示精神。第二，如何提高认识、服从全局。第三嘛，加强组织观念，开展自我批评。现在就分组吧，散会的时候，省局老王，佳津老郭，你们到我这儿来碰碰讨论的情况。这个安排也是省委的意见，大家要尽快地打通思想，准备迎接下一步的工作。什么时候思想彻底通了，什么时候再宣布省里的决定。上午讨论完了，下午宣布。上午讨论不完，思想上还有疙瘩，下午继续讨论，明天上午宣布。就这样吧。"

　　你说怪不怪？这阵营分明的两方，平时要不是工作关系，那是很不愿意坐在一起的，巴不得早点儿散会离开会场。但是今天经委主任已经明白地宣布分头去讨论，而且又催了一次，他们却又像不愿意分开似的，你望望我这边，我望望你那边。论战即将结束，一切就要揭晓，必然要到来的时刻突然到了，使人们一下子就手足无措了。

　　省电业局这一组找了一间安静一点儿的房子，大家坐了下来，沉默了一下后，开始讨论起来。经委主任提的几个题目早就抛到脑后，小组会变成了猜灯谜活动：省里秘而不宣的决定到底会有些什么内容。

　　傅连山在小组会上告了个便，心事重重地沿着走廊向卫生间走去，正好面对面碰见佳津的曾部长从那儿出来。走廊很宽敞，当然不能算窄路；宝还押着没揭开，也难说是冤家还是亲家。两人心照不宣地对视着，脸上都有点儿似笑非笑的表示。

到了碰头的时间了，王局长来到经委主任这里。等了一会儿，郭书记还没有来。经委主任亲自去催。一会儿，他折回身来："那么，先谈谈你们的讨论情况吧。"

"等郭书记来了一块儿说吧！"王局长想推却一下。

"他上午没参加讨论，说是看病去了。不用等他了。"

"那我简单地说说。我们的态度是，完全信任省委，怎么决定就怎么干。说实话，真烦人哪！中心调度所反映：近一段来电网事故又增多了，没时间拖下去了！"

完了以后，王局长又回过头来补充了一句："但是我得说明，我们的意见还是要保留的。"

下午两点半钟，两路人马一个不漏地在会议室里集中，共同迎接那庄严的宣布。

心里分明像揣着一只小兔子，大家却故意显得比往日轻松。在等待省委有关同志到来的时候，双方竟亲昵地搭讪起来："你们都是回家吃的饭吧？自己做？"

"听说省委接待处伙食不错？"

"省城嘛，有这个样子就可以了。"

"那种弹簧秤小巧，买菜挺方便的。"

"富强粉？它的营养还不如二粉呢！"

"用水竹席子换粮票……"

"八十斤换一床席子？啧啧啧！"

....

突然，传来一阵脚步声。

省委组织部部长、经委主任等一行人进入了会场。在人们眼中，他们今天是上帝的使者，他们将要主宰大家的命运，因而觉得他们脸上显得格外呆板。这就自然而然地感染了每一名代表。一切杂音戛然消失，大家很快地坐正了身子，像在机场上列队迎接贵宾的陆海空三军仪仗队，听到一声令下，唰地转过头来，向贵宾行着注目礼。

神圣而庄重的时刻终于到来了！

"现在宣布省委意见。佳津地区成立电业局，要以能不能适应四个现代化建设为标准，而不要以单方面的人数比例为标准。这是第一条。"

双方缄口不言，静静地听着。

"省电业局应该指派业务干部到佳津地区去，加强技术管理能力。佳津地委要切实配合好这项工作，服从全局的统筹安排。"

梁友汉微微侧过头来看了傅连山一眼。傅连山会意地闭了闭眼睛，又微微侧过头去望了望王局长。王局长却朝佳津的同志望过去……

佳津地委郭书记点着头，在小本子上飞快地记录着。

"第三条，佳津地区已经成立了电业局，这是急四化之所急，应该肯定。省电业局要尽快地配合他们调整好班子。建议马上批准他们的工资计划。"

曾部长抬起头来，眼睛望着天花板，似乎这一条格外与他无关，一副若无其事的样子。

"最后强调一点，目前正是整顿时期，要严格地控制编制，不能超编。老郭，你们电业局现在超编了多少？"

"二三十个吧。"

"你看看，这怎么行呢？现在省电业局还得派人去，怎么办呢？我的意见，请省局考虑一下：能不派的尽量少派，五六个怎么样？这是一方面啰。另外，地区要马上把超编人员调整出来。工资计划只能按编制批！不能含糊。"

梁友汉心里盘算开了：原定派去十七个人，多不多呢？从数字看可能多了点儿，但从技术管理的要求来看，还远远不够呢！这些同志既有理论知识又有实践经验，尤其难得的是他们对系统的情况非常熟悉，几十年埋头于管理工作，不容易呀，这才是有丰富积累的专业人才呢。现在，一句话就砍走了十多个，打场也不够了呀！下去以后再培养吧？那也来不及嘛，好容易的事？想到这里，作为负责技术方面工作的总工程师，梁友汉心里一下就空空如也了。

紧接着就是由组织部部长宣布有关干部组织领导问题。"我们认为，对各地区电业局，还是要实行双重领导……"

这次轮到王局长心中空空如也了。所谓双重领导，是指业务上由主管局领导，组织上属地方党委领导。很多人形容这是矛盾的焦点时打了个比方：就像是一个人的扁桃体有习惯性炎症一样。全身其他地方有点儿什么病，如感冒什么的，那个地方就注定要并发出问题来，引起高烧，久久不退。王局长叹了口气：一个跟头翻去了十万八千里，没想到还是在如来佛的手心上。

"……有的同志可能在想：这不和以前一样吗？这正是我下面要解释的。同志们，并不是完全一样！成立了电业局，专业化要求就不同了。因此，干部的任免，特别是业务干部的调动，应该首先经过双方协商。再强调一句：双方协商！然后报地委批准，再由地委组织部下正式任命书。目前，省委有些新的设想，今后在这些方面会不会有些改革，以省委正式文件为准。"

不知大家曾经留神过没有，生活中往往出现这么一种情况：一个人在下棋的时候，一大群热心的旁观者七嘴八舌地给你出主意，有时候他们之间还为你争执起来，弄得你不知听谁的好，稍稍失去了主见，非输棋不可。有的人却不是这样，他有一副异常冷静的头脑，能从旁观者的不同意见中发现真知灼见，突地受了启发，进而更深入地看出了三四五步甚至更多几着。在这个时候，他才下了决心，摒弃纷纭，果断出手。也许完全出乎旁观者的意料，直到再往下一步，旁观者才慢慢悟出其中之奥妙，不由得赞叹曰："真乃高手。"殊不知当时若是盲从了某一种意见，或者是举棋不定，岂不误了大事？可见一言堂并非十恶不赦，群言也绝不是手到病除的神丹仙方，就看你怎么去掌握和使用罢了，总不能一概而论吧？

组织部部长和经委主任把有关决定一宣布，立即解脱了大家心头的烦恼。散会时，紧张气氛已经烟消云散。双方握手言欢，一扫几天来的对立情绪。人人心情舒畅，轻松愉快——至少没有一个不带笑容的。如果谁心中还有什么狐疑，那他只不过还没有看出高手的奥妙之处来，走几步自然也就明白了。

晚饭之前，佳津地区的同志到局里来回访，比起来的那一天，态度坦率多了。"既然过了门，就是一家人嘛。"

"我们明天一早就回佳津去了。"郭书记告诉王局长，"家里工作堆成了山，真恨不得有分身术才好哇！"

"可是，派到你们那里去的干部，还没来得及协商，您看……"

"哎呀！你看你，这是怎么说的嘛！协商不协商的，听着都嫌夹生！省委不是有指示了吗？咱们就按这个办嘛。你们是老大哥了，派谁来我也信得着，你就放心吧！今后见面的日子多了，有时间还要请你来多加指导哟！"

临走时，他非要请他们到省委接待处去出席他们的"答谢宴会"。说是也请了组织部部长、经委主任等领导。还一再声明这是便饭，是他们几个人私人办的。恭敬不如从命，去就去吧！

晶亮透明的高脚酒杯，满盛着黄澄澄的名贵佳酿——竹叶青。主人轮番向大家敬酒，响亮的祝福词更使人振奋不已：

"为早日实现四化，来来来，干杯！"

"为你们的紧密团结合作，来！干杯！"

"希望地委今后多多帮助，来来！干杯！"

"欢迎派优秀的干部到我们地区来，干！"

…………

吃着喝着，王局长突然想起了一件事。他偷眼端详了郭书记一阵子，但见他精力充沛，气色生辉。正所谓"三杯竹叶穿心过，两朵桃花上脸来"。

"上午不是说他病了吗？连小组会也没参加？这家伙，上哪儿去了？神出鬼没的。"王局长不由得沉吟起来，"还有那位叫郑义桐的干部，开了这么多天的会，几乎没有发言，老是在观察、思考着什么。与这件事无关的人是不会来的，那么，他到底是干什么的呢……"

十

不久，从双方协商的名单上，王局长又看到了他的名字。顶着的头衔把王局长吓了一跳：郑义桐，佳津地区电业局党委书记兼局长！

简历也附上了：佳津县人。家庭出身是佃农。本人成分是雇农。一九四六年参加革命，同年入党。一九四九年入伍。一九五○年参加抗美援朝，任电话班长。转业之前，任通信连指导员。到地方后，历任地委办公室副主任，劳动局副局长，地委机关党委组织委员，地区工交办主任……

据介绍，这个同志党性很强，办事特别有原则性，在地委中是个过得硬的领导干部。地委把这样的干部派到电业局来，确实是咬了牙的，足见对专业化改组的决心了。

因为是"协商名单"，局里提出了不同意见：对老郑担任党委书记没有意见，但这局长，应由傅连山担任。反复几个回合后，地委让步了。

梁友汉担任总工程师，这一点地区没有异议。但省局提出建议要明确梁工的副局长职务，地区就不吭声了。"研究研究"吧。

最棘手的问题是局里到底派多少人去。地区一句话把门关得死死的：按省委指示办！磨破了嘴唇也无济于事，多半个也不行。

协商来协商去，又是一个多月过去了。傅连山和梁友汉再也沉不住气了："算了吧，我的局长！不要为这些事再耽误了，修得庙来老了鬼。去了再说吧！"

局党委分析了傅连山和梁友汉的意见，这两个同志是有工作能力的。从他俩配合在一起工作以来，很少有打不开局面的情况。只要他们先去立住脚，往后的事就好办了，打一拳进一步嘛。

一个星期以后，傅连山再次兵发佳津。

这一次可不能同前一次相提并论啰。那是过时的皇历了。就说交通工具一项吧，根本就用不着傅连山去开车。成何体统？堂堂的地区电业局长啦。汽车全是佳津电业局派来的，一辆小吉普，是接局长和总工程师的专车。一辆旅行车，供其他同志乘坐，还有一辆大轿车，是家属们坐的。洋洋洒洒，真够气派！

看着这支特混车队，面对车上空空荡荡的座位，傅连山心里一阵凄楚。想起第一次开赴佳津时，像一只羽毛丰满的雄鹰。待到左一个周折右一个筋斗以后，翅膀上已经没剩下几根强翎啦。

更加讨厌的是自己的身体，偏偏在这时候不给争气！什么怪毛病嘛，吃药、打针搞了老长时间，就是不见好。真就这么垮下去了？不，绝不可能。

临上车的时候，老傅好像还是自己开车似的，蹲下来仔细地查看着汽车的前后桥装置。没想到站起来时猛了一点儿，眼前竟一片漆黑，什么也看不见了。只觉得无数个小亮点儿在眼珠内乱蹦，差一点儿栽倒在地上。傅连山心里直发毛：不服气不行啊！

两次出发，中间隔了一段时间，长不长呢？这要以人的意志为转移。嫌它长了的人是这么说的："已经九十七天了！"不嫌它长的人又是另外一种语气："才三个月嘛。"同样一段时间竟可以用悬殊这么大的两个数字来表达它，也是有趣。

光阴既逝，不可复得，谈它何益？算了！透过汽车的钢化玻璃板朝前方看吧。看哪！那个欣欣向上、物资丰富的风水宝地在向大家招手呢！

出发的人们再一次查点了随身行包；再一次撕下一张伤湿止痛膏贴在肚脐眼上；又再一次向送行的人挥着手：别了！别了！

可爱的省城！下一次见面，我就是您的客人了！

　　一位随着车队来接傅连山他们的女同志，引起了傅连山的注意。出发前，她来了一段不同一般的自我介绍："我姓代，单名一个冰字。声明一下，是冷若冰霜的'冰'，不是士兵的'兵'。不要同'带兵'两个字混同了。你们都是官儿，我可不敢带哟。"她口齿伶俐地说了这么几句，不冷又不热："路上由我负责，有什么困难找我好了。"

　　第一天傍晚，车停在一座城市宿下营来，傅连山又看见了她。号房子，安排膳宿，井井有条，又快又令人满意。傅连山很欣赏这种作风，走过去问道："你在哪个科工作？"

　　"五官科。"代冰说完一阵风又忙别的去了。

　　"嚯！这电业局够大的了。还有职工医院？"傅连山想道。

　　正巧梁友汉来找傅连山，说是有一位同志患牙痛。傅连山便拉着他又找到代冰，请她给治一治。

　　"我？哎哟，对医学可是一窍不通。"

　　"你不是五官科的医生吗？"傅连山奇怪了。

　　"哦？哈哈，你误会了。我在行政科工作。因为我们行政科有正副五名大科长，所以我称它是五官科，五个官儿。我是唯一的一名科员。"

　　"原来如此。"傅连山和梁友汉憋不住笑了。

　　"不过，等我这次回去，就有舒服日子过了。又有四名干部要调到我们科来。"她非常高兴地讥讽着说，"家大业大油水大，人多才能干四化嘛。"

　　第二天，傅连山起了个绝早，走到院子里去呼吸新鲜空气。

过了一座园门，突然发现花园内假石山后好像有一个人。傅连山停止脚步，仔细一看，又是代冰。她身穿一件黑色尼龙上衣，把体态勾现得十分匀称。一个人坐在石凳上，像是在看书，还不时地用钢笔在那上面画着什么。

傅连山轻轻地咳嗽了一声，代冰警觉地回过头来。

"是老傅同志呀？"

老傅发现她是来接他们的人中唯一不称自己"局长"的人。他走过去，同她搭起话来："看什么书哇？"

代冰合上书皮儿给老傅看：《家庭日用大全》。

"没事了，研究一下挺有趣的。这一辈子还不就是吃点儿穿点儿？别的也没意思。"

傅连山不愿意听这些话，年纪轻轻的谈这个未免太扫兴了。但他没说什么，只想侧面了解一下佳津的情况。

"怎么样，局里还好吧？"老傅转移了话题。

代冰抬起头来，脸上现出了不屑一顾的神色，但旋即就消失了。她将书放进兜里，站了起来："该叫司机换水了，对不起。"说完，客客气气地走了。

"嗯？有意思！"傅连山对她产生了很大的兴趣。

路上比第一次去多走了一天时间。这是代冰安排的。她解释说："为了使你们在路上不至于太疲劳。这是局里党委交代的，我谨遵钧旨。"

老远就望见那座碑形建筑物了！

自从上次在它面前瞻仰了一会儿，又被通知"不准进去"以后，这座淡黄色大楼就被罩上了一层神秘的色彩。而现在，车队直奔大楼。

好像让大家看个够似的，汽车载着大家差不多围着大楼绕了一个整圈。从正面开过去，开上了侧面的大路，再转到另一面，才是那座钢管焊成的侧门。开进侧门后，这才到院子里头停了下来。

傅连山第一眼就看见了那辆被扣下的新车。配了正式牌照，喷上了新的色彩，车门上几个大字耀眼夺目。这个没有生命、没有头脑的家伙倒是属于"来者不拒，多多益善"那一类。

郑义桐差不多是把全局的人马都拉了出来，列队似的欢迎傅连山一行。也不知是司机急于赶路还是代冰在前一站忘了向家里打招呼，局里的欢迎工作很有些手忙脚乱。直到大家在休息室里寒暄了半个多钟头，局大门上方才悬上一幅横幅："热烈欢迎省局派同志来我局工作。"郑义桐望了望向下流滴着墨汁的标语，窝了一肚子的火，十分不满意地皱了皱眉头。不过，他不易溢于言表。再说还有更紧迫的事，于是就忙于张罗着众人给傅连山他们安家去了。

十一

重新安个家是件格外费神的事儿，杂碎烦琐的大事小事一忙就是好多天。

梁友汉别的不说，光那堆书就够他折腾的了。书多倒是小事，他还有个毛病：所有的书都要分门别类。哪种书放在哪一柜哪一层，哪本书挨着哪本放，哪几本书中要插个条子……还真够复杂的。这件事别人还真帮不上忙，唯有傅连山行。

一连两天，老傅都在帮他清理各种书籍。至于他自己的家，两个小时就安排妥了。要不是这几年做家具之风盛行，老伴儿赶紧操持了几件家具，那就会更简单一些。

地委的任命书还没有正式下达，傅连山也就没有正式到任。抓住这个当口，傅连山拉着梁友汉，围着整个机关大院前前后后地研究起来。

这栋气派不凡的碑形大楼是半年之前建成的。在这座城市里，已经建了不少这样的楼房。从外观上看，时代再往前发展个二三十年，它大概也不会显得落伍。但当你走到面前，或者走进房子里面，就会感到其建筑水平同国内一些大城市比较起来，要落后相当大一段距离。

傅连山和梁友汉第一脚迈进休息室，就发现水泥混凝土地面粗糙极了，那上面有一层厚厚的扫不完的灰。傅连山知道这是工匠们施工时没有及时不断地润水而造成的，行话叫作"烧坏了"。临街的那一面，所有的窗户框子都是用小角钢焊制而成的，远看十分明亮整齐。但当傅连山站在走廊上细细一打量，就发现问题百出：有的框子关不严，有的框子打不开。即使打开了，因为撑架的角度完全不对，只好又关上它。楼上有几层楼地面原来设计是水磨石的，但由于施工工艺较差，磨出来后灰蒙蒙的，毫无光感。四层楼以上的卫生间，不知是管子装细了还是水压不够，根本不能使用，挺好的抽水马桶也成了聋子的耳朵——摆设。

"这是毫无办法的了。"傅连山惋惜地说，"造价这么高，很难再改造它了。"

房子就是这样了。人怎么样呢？这是他们更为关心的事。走！转转去。

所有的行政机构都设在这座楼里面。拐过一层楼梯，迎面挂着一块玻璃牌子。

"技术科?"梁友汉极感兴趣,一头撞了进去。

房子里面有几位技术员,团团转转地围在一张桌子前,正在研究一张图纸。那天列队迎接省局来的同志时,他们见过面。一见傅连山和梁友汉进来,他们就站了起来:"梁总来了!傅局长,请坐吧。"

梁友汉赶快让他们坐下,自己也乐滋滋地走到桌子跟前坐了下来。第一次与这儿的技术员接触,给了他一个很不坏的印象:年轻的同行们认真地钻研着图纸,这在他们的同年人中是难能可贵的。

捧着技术员们递上来的热茶,梁友汉饶有兴趣地斜视了那张图纸一眼,不由得心中一愣,这不是供变电部门的图纸,是一张五灯交流收音机音箱的设计图!梁友汉有些不快:工人在上班的时间是不能干私活儿的,更何况干部?这点儿思想觉悟都没有,一个个人长树大的了,难道还要别人跟着你数说!

技术员们从梁总那冷却下来的面部表情中发觉到泄了天机。他们互相暗暗地挤着眉弄着眼,又像是有点儿负疚,又像是幸灾乐祸。

"梁总,您……这张图纸是我画的。"靠桌子角那边站起来一位青年,二十四五岁,细皮嫩肉,稚气未脱。但满头的头发一个接一个地卷着大花,鬓角也卷曲着。这种青年很容易被人列入"不屑挂齿"的那一类型中去。梁友汉不想多看他,心里很是腻味:这种人也塞到技术科来了!瞧他那无所谓的样子,干了不该干的事他还大言不惭!虽然这也算是诚实的表现,可是老天!他能分清楚哪是应该做的哪是不应该做的吗?唉,无知呀!

"你……姓什么？"梁友汉冷冰冰地问道。

"姓郭，郭小成。今后请梁总多多帮助哇。"

这种语调，又让梁友汉好一阵反胃：这不是那些讲哥儿们义气的人惯用的一种油腔滑调吗？梁友汉转过脸，正视了他足足几秒钟。可是郭小成丝毫没有在这严厉的目光下表现一丁点儿难为情的神色。

"你的文化程度？"

"我……"郭小成答不上来了。

旁边几位技术员七嘴八舌地插了嘴："他是大学生！"

"一九七六年毕业的呢！"

"嘻嘻嘻……"

梁友汉立刻明白了他答不上来的原因，根据这一点，他又马上猜测到这位花花公子一定有点儿家庭背景，心中越发鄙视起来："你爸爸是干什么的？"

郭小成突然现出了迷惑的样子，慌慌张张地往后退着。他似乎不想回答这个问题。

"这还不知道哇？"又是其他人帮他回答着，"他是地委郭书记的儿子！"

梁友汉差点儿没叫出声来，地委书记的儿子！纨绔子弟！靠着自己的好爸爸，哪儿舒服往哪儿安，见得多了！碍于第一次见面，尚未发现更多越轨之处，要不是这样，说不定他会狠狠地克他一顿，什么了不起的嘛！地委书记的儿子凭着二两颜料也想开染行？他狠狠地盯了郭小成一眼，发现郭小成已经低下头去，看来这次倒有些难为情了！好吧，今后再说。

接着，梁友汉仔细地看了看他们的资料室，又同其他技术员谈了好一阵。出来以后，梁友汉沉吟了一会儿，心情比较沉重："大学生倒是不少，可都是些……"他摇了摇头。

老傅心里明白梁友汉想说而没说的下文是什么，同时也明白梁工为什么要把那几个毫光闪闪的字吞进肚内。老傅笑了。

"技术资料很混乱，档案都没有健全起来。得想个法子呀……"

"我不担心，只要咱们梁总每顿能吃三大碗，法子总会有的。"

说着话，他们走到了政治处门前。傅连山又拉着梁友汉挤了进去。

"哟，开会呀？你们开吧，我没事。"看见坐了一屋子人，傅连山道歉不迭地要往外退。

"没有没有。傅局长，快请进来吧。"一位干部连忙上前拽住了他们。拖的人异常热情，被拖的人又求之不得，就这样，两位不速之客合情合理地进到了屋内。

政治部门的气氛就是与其他部门不同，无论你到什么地方，无论哪一级单位，绝不会误把政治处当成其他科室。墙上除了几幅关于政治思想工作的教导外，最有特点的是那些规定。如"保密规定"啦，"查阅档案规定"啦，"武器保管规定"啦，等等。再就是那墙上挂得整整齐齐一望无边的各种本子，例如干部思想动态、各科室花名册、人员动向，一直到失盗记录、拾金不昧登记……反正，一个单位无非就是人、钱、物三方面的管理，这儿一马当先，管人的。

除了气氛以外，更主要的是这儿的工作人员与其他任何部门的工作人员在气质上又特别不同。首先，因为在政治上都已经很成熟了，所以几乎每个人在外表上都极其端庄稳重。第二，工作态度都十分负责。丁是丁，卯是卯，没有什么稀稀拉拉的。机关每次要求革命化，哪一次不是由这里布置下去的？不以身作则行吗？再就是这些同志的生活作风也是很严肃的。单从衣着来看吧，朴素、大方，里里外外春夏秋冬，都是劳动人民的本色。你见过西服领带、牛仔裤、大喇叭腿的政工干部吗？绝不会有的。

眼下这间屋子里坐了九位同志，不用问，全是干这一行的。他们都具备政治工作人员的条件，从外表看，一个更比一个像。

看见局长和总工程师进来了。平素不苟言笑的这些同志，都毕恭毕敬地站了起来，让座的让座，递烟的递烟，倒茶的倒茶，忙得不可开交。

"别别，我不会抽烟，梁总也不抽的。你们继续开会吧。"傅连山一边打量着这间屋子，一边对大家说。

"开什么会呀！趁着还没下班，政治部门的几位负责人随便碰碰情况，谈谈学准则的事。"一个同志递过来一把办公椅，"您请坐。傅局长，省局在学准则方面有些什么宝贵经验，可要给我们传传经哟！"

傅连山没有坐下去，也无意回答那个同志的话，他发现有些异样：光是政治部门的几位负责人？满满一屋子呀！他扫了众人一眼，耳朵里又浮响起代冰的声音来。"五官科"一说，看来并非是句俏皮话。他走了几步，挨个儿询问起那几位同志来："你是……"

"政治处副主任兼政工科科长，老赵。"又是那位同志自告奋勇担任了解说员。

"你呢？"老傅问下一个。

"政工科副科长，分工抓档案的。"

"哦！那么……你呢？"

"他是保卫科长。那位是保卫科副科长，分工管外调……"

其余的全问到了：三个人事科长，三个保卫科长外加三个政工科长。

"三三制？哈！那么，政治处各科在编人员一共有多少？"傅连山心中憋着火，盘起底来。

那位担当解说员的同志沉默了。他正在心中揣测着新局长的意图，却没料到人事科长开口了，而且显示了精干的工作能力："傅局长，截至前天为止，总共实到三十二人了。"

"嗯？'实到'是什么意思？还有没到的吗？"傅连山的火气快压不住了。

"不是，郑书记交代过，还会有……"人事科长忽然不说了。傅连山顺着他那怯懦的目光一看，那位担任解说员的干部竖起了剑眉。看来他是很有威望的，而且很能将一些难以圆说的话圆说过来："傅局长，老郑是这么考虑的：局里正是调整阶段，调进调出，数字很难稳定。比如说本来已经稳定了，突然又调来了你们这些同志，原来的人员表又被冲乱了。所以只能说截至眼前的数啰。"

"对对，就是这样。"人事科长趁机下了台。

"嗬嗬！"傅连山内心发出了一声喝彩：别看其貌不扬，这个人还真不马虎！应该正眼见识见识。

老傅锐利的目光一扫到对方身上，立刻就觉得他很像谁的模样，五短身材，利利索索的，对了，像组织部的曾部长。但是，稍稍过细一打量，又不大像。看这张脸，要笑，你就笑，不笑，你就干脆板起来吧。似笑非笑，至少这就没有曾部长那么坚定果断嘛。还有，这个人的眉毛生得太浓了，说起话来又不大看着听话的人，很难说是瞧得起你还是瞧不起你。不过，也有偶尔的时候，突然就盯住了你，就像是鹞鹰的眼睛盯住了小鸡一般，令人战栗。刚才人事科长就出了一身冷汗。但不论怎么观察，从外表上很难捉摸出他的真正性格来。看他那未现皱纹的前额，最多四十岁出头吧，却有这么大的魅力，更是让人无法捉摸出其中之原委来。

"如果我没有看错的话，"傅连山迎着他跨上了一步，伸出右手，张开巴掌很有力量地递了过去，"你，就是政治处的主任啰?"

"哪里哪里，临时负责召集一下。"对方也伸出了巴掌紧紧地握住了老傅的手。老傅感到他的臂力不小，尤其是腕力，大得惊人。握着手，他又现出了那种笑容："我姓王。叫我小王吧，我又大了点儿，叫我老王吧，我又小了点儿。所以，嘿嘿，他们都叫我大王。"

管他什么王，傅连山一点儿兴趣也没有了。他勉强地向屋内诸位科长点头告别，便赶快拉着梁友汉离开了这个令人心烦的地方。

从政治处出来，傅连山不无抱怨："怎么得了? 机构比省局还庞大，真叫人没办法!"

"我也不担心! 只要咱们傅局长不倒床，还能没办法?"梁友汉抓准机会回敬了傅连山一句。两人相视一笑：怎么样? 来到这么一个地方，不会是让你来养老的吧?

一名电工扛着人字形梯子，在走廊尽头一拐弯儿不见了。这人真勤快，老傅他们在外面看窗户，他在门底下修开关。老傅他们进了技术科，他又在走廊上换灯头。刚从政治处出来，又看见了他的身影。怎么回事？梁友汉心中纳闷了一下：这些电器为什么老追着我们背后出毛病？害得这名电工紧跟着修个不停？

转了几个科室，梁友汉提议再到地区调度室去看看，那是全区供电的心脏，他很想去见识一下这块很使省中调所头痛的宝地。

傅连山正有此意，但是不知道在什么地方。找人一打听，他们犹豫了。地调室所在地叫"马嘶桥"，离这儿还有十二公里路呢。走着去吧，太远了。骑自行车吧，人家上下班要用，不好开口借。市内公共汽车还没有开辟那条线路，听说快有了。那也解决不了眼前的问题呀。

正在迟疑，只见对面走来了一个人。老傅认出了他，那天来这儿时他和一些同志忙忙碌碌地接待过他们。听人家叫他科长，那一定是行政科长了。老傅喊住了他："车队是由行政科安排吧？"

"是呀。您有什么事吗？"

"能派个车吗？"

"您瞧，这当然可以嘛。不过，我是专管分配住房的。喏，行政科在那儿，请您去找他们吧。实在对不起呀，傅局长。"

到了行政科，里面坐了两个人，都是科长。听明来意后，两人一个劲儿地道歉："对不起对不起，我是专管办公用品的，他是专管家具的。还有一位刚走，他是专管招待所的。派车嘛，得找一位姓萧的科长。"

傅连山烦透了，竟忘记了自己的身份："哪有这么多啰唆嘛！每个人管多少事……”

梁友汉赶快悄悄地扯了一下他的衣服。正在这个时候，萧科长进来了。后面跟着那个唯一的科员——代冰。

坐在那里的两名科长像是见到了救星，赶快把局长要车的事对萧科长说了。萧科长一听，满脸堆笑，一口答应下来。

“您看，还劳您亲自来说，打个电话就行了。”他从抽屉里摸出一本派车单，“您上哪儿？”

“调度室。”

“啊？”萧科长眼珠一转，“那我马上跟汽车队联系一下，看看有车没有。”

他出去打了个转转，很快就回来了：“哎哟，傅局长，不巧得很，车都出去了。您看……”

这还有什么好看的？只好作罢吧！傅连山和梁友汉失望地走了出来。不一会儿，代冰追了上来：“不打算去看看了？”

“没车怎么去？”傅连山看了看她那狡黠的面孔，“怎么？你有办法？”

“你们到局外面去，走过去几家，有个米粉店，就在那里等着。”代冰说完，转身就不见了。

傅连山和梁友汉莫名其妙，将信将疑地走到代冰指定的地点。没多大工夫，一辆小吉普从局里开出来，停在他们身边。

代冰跳下车：“请上去吧。”

“咦？有车？可萧科长为什么……”

“不能怪他。如果你们到别处去，要几台车他也不会为难。”

“为什么？”

“哼哼，特别的关照。大概是保护你们的安全吧？别问了，走吧。"代冰替他们关好车门，催着司机把车开走了。

到了马嘶桥，吉普车拐了个弯儿，向调度室开去。

调度室院墙大门紧闭。一名老门卫从窗子里伸出头来，向小车内查看："你们是……"

"快开门吧。"司机不耐烦了，"这是新调来的局长。"

"新局长？"门卫犹豫了一下，还是没有动弹，"……可是，保卫科说了，没有他们的条子，亲娘老子来也不让进哪。"

"哪有这种事？以前不是都可以进去吗？"司机也糊涂了。

背后一声喇叭响，又赶来了一辆吉普车，郑义桐来了。他把头伸出门外："老王，开门吧。"

大概这位郑书记比亲娘老子还要大一辈，没有条子，门也很快地打开了，两辆小车开进了院内。

"哎，老傅哇，不是让你们多休息几天吗？你可真是个急性子呀。"郑义桐亲切地又向梁友汉打着招呼，"梁总啊，你是专家，多多指导哇。一家人了，就严格点儿，不用客气。"

郑义桐亲自带路，把调度室里里外外、前前后后都看了个遍。

本来是想随随便便地看看，自由自在地了解一下情况，无拘无束地找人扯扯，可郑义桐一来，就全盘改变了性质，变得很严肃，又很隆重。只能像参观展览馆似的，听听讲解员的讲解，走马观花看看实物图片罢了。

参观完毕，梁友汉除了不了解调度员的具体情况外，对其他技术方面心里倒有了个大概，入了他的行了嘛。他觉得这个调度室比其他地区的不会差，条件还很不错。尤其是对自己设计中的某些改进，如建立远动机、改装自动切换器等各方面，大有施展余地。

傅连山也是一样，虽然只是过了一遍目，他却看得很细致。比如调度员的职责分得不太明确，载波电话机没有专职人员，记录表格上还需要添几项什么内容，他都一一看在眼里。连操纵台角落里藏着的一副象棋也没能逃脱他那犀利的目光。

从调度室回来，天已经快黑了。傅连山觉得非常困倦，只想早点儿睡觉。洗完澡，就仰天倒在床上了。

方贞园走了进来。她先打开桌头那盏小台灯，再关掉室内的大吊灯，又轻轻地走到门外两边查看了一下，才走进屋内，插紧门销。然后走到床前，推了推傅连山，声音小得只有他们两人刚刚听得见："哎！告诉你一件古怪事儿。"她凑到老傅耳朵边，"吃完晚饭，我到厨房去洗碗，突然发现灶面上有个这玩意儿。"

她把拳头伸过来，慢慢地展开五指。傅连山一看，那是一个小纸团。他连忙抓过来，小心地展开，凑到台灯下一看，上面用铅笔写了四个字："停止私访。"

"这到底是劝阻呢还是警告？"方贞园猜测着，"根据后面那个句号看，是善意的劝阻。可是，送字条的人是谁呢？"

傅连山看着字条，也在心中犯疑：会不会是代冰？这个女同志很有些不平常。她对这里的情况一定有些看法，可她又总是闭口不说，行动上、语言上却常常流露出一些不满。

傅连山又想起了今天要车去马嘶桥的事，勾起了很多问号。萧科长已经将派车单都拿出来了，一听说去调度室，为什么又找借口不派车了？代冰也很怪，既然她敢于违抗科长的意见，主动找上来想办法，为什么又那么神秘地要我们到门外去上车？对了，调度室突然不让进去，不是没有原因的。还有，那名扛着人字梯子跟在后面修电灯的人到底是干什么的？啊！我们前脚刚到调度室，郑义桐后脚就跟了上来，有这么巧的事儿？……一连串的事涌上脑际，傅连山的睡意竟无影无踪了。

"连山，这里的情况很复杂呀！"方贞园有点儿担心。

"是呀。你看该怎么办呢？"傅连山将那张字条夹进日记本内，故意问道。

"我看哪，既然开步走了，就不要收腿。骑马上了独木桥，回不得头了。我今天碰到几个职工，悄悄地对我说：你们这次来，人家都看着你们有没有绝招儿呢。这个单位，转起来是台好电机，转不起来就是块死废铁。哼，我就不信玩不转它！只是……唉，这该死的任命书怎么还不下来嘛！"

十二

没有等太长的时间，任命书作为正式文件下达了。

"任命郑义桐同志为佳津地区电业局党委书记，兼第一副局长。

"任命傅连山同志为佳津地区电业局党委副书记，兼局长。"

…………

任命书上排在第三位的是名姓沈的副书记兼副局长，他原来是本地区某县的县委副书记，据介绍是本地区内最熟悉工业情况的行政领导干部。傅连山前两天见过他，言谈之中，傅连山确实觉得老沈有几下子。他抓过多年工业生产，这个地区有一个金沟水电站就是他自始至终负责建成的。虽然这个水电站是以排灌为主，发电量不过八千千瓦，同整个系统比较起来不过是九牛一毛，但麻雀虽小，肝胆俱全。因此，老沈谈起水涡轮、励磁机、一次变二次变、继电保护、开关运行等这些技术问题来，一套一套的，十分在行。不过，老沈对省中调所意见特别大，简直有一种对立情绪。这也应该谅解：他在抓工业时曾经吃够了缺电的苦头嘛。而且强将手下无弱兵，屡次对中调命令软拖硬抗的那些地区调度员，就是老沈带出来的人。他们身上毛病是多一点儿，可业务能力却是在本地区内拔尖的，傅连山爱才，从内心说，对这些同志还是满意的。

一个单位应该任命几个书记，这倒没有一定之规。除了以上三人外，另外又任命了两名副书记。其中一名就是政治处的大王主任，分管政治工作那条线。另外一位傅连山就不认识了。

关于梁友汉任副局长的事，开始就有人提出怀疑：一个非党员当副局长，这是不是有点儿不合适？把傅连山弄得啼笑皆非。他只好告诉他们：梁友汉已经有十几年党龄了。对方当然很尴尬，但因他们的组织关系都未转到，也就不知不怪了。后来研究了很多次，都没有明确的答复，大概这种情况在当地还没有先例，于是，当副局长一事便束之高阁。

省局知道这件事后，除了给地委打电话协商外，王局长还两次专程找了省委组织部。地区看了省委天大一个面子，在电业局党委委员审批名单的最下面一排上，总算添上了"梁友汉"三个字。

第一次党委会，在任命书下达的当天下午隆重召开。

全体党委委员，像是过年吃团圆饭似的，济济一堂。大家以无比喜悦的心情，出席了这次具有深远意义的党委会。

傅连山被大家让到了上席。因为他毕竟不太熟悉情况，更多的时间还是听取大家的发言。他发现，几乎每个委员都有相当的工作热情，更有相当的语言组织能力。每个人对今后的工作，自己的态度，都谈得诚恳生动，发自肺腑。并且不用发言提纲，也能口若悬河。梁友汉在这种情形下就相形见绌了，他结结巴巴半天也没理清自己的语言脉络。

看来郑义桐确实是有能力的。在省里谈判时，老傅觉得他举止非常稳重，让人捉摸不透；来佳津那一天，老傅又觉得他待人接物十分热情，使你深受感动；到马嘶桥去的时候，老傅又觉得他处理事情反应异常敏捷，当机立断，使你有些紧张。今天在党委会上，更是觉得他有一种驾驭全盘的非凡的气魄，令人望而生畏。

还是在会议刚刚开始时，郑义桐就给了大家一个"下马威"。由于大家都是相处比较久的熟人了，说话也就很随便，互相之间还免不了打趣几句。特别是那位沈副局长，生来一副大大咧咧的性子，进了会场后又是笑又是骂的，非常活跃："好哇，往后就靠咱们这些二百大五的将军滚在一起干啦！我操！俺这人毛病多，往后有个三差两错的，各位照直给点点。一个锅里抢马勺，不用包涵，啊？哈哈哈哈……"

砰的一声，大家愣了。郑义桐把一个厚厚的文件夹子摔在桌面上，脸色严肃得吓人。一时间谈笑声全停息下来，他却好大一阵没有讲话。一直等到有的同志差不多觉得呼吸有点儿困难起来的时候，他才开了口。语调低沉、缓慢，但力度饱满，富有弹性："同志们！今天是中国共产党佳津地区电业局委员会第一次全体会议。我作为会议的主持者，应该提醒大家一句：这次会议非常重要！在这个会上，我们要统一全体同志的思想，要确定今后的工作方针和路线，要研究我们的工作任务和步骤，以及如何领导全局同志开展工作。所以——"他威严地看了看全体与会成员，"这不是开茶话会，更不是开联欢会！今后，请大家记住：凡召开党委会时，一定要紧张、严肃。团结要不要呢？我们开会就是要达到团结的目的，而在会上就应该展开积极的思想争论和斗争，这才能达到真正的团结。活泼要不要？要的，散会以后你爱怎么活泼就怎么活泼，没人管你。都是老同志了，这些话我今后就不说了。现在，请大家畅所欲言吧……"

有一名胆子比较小的委员，听着听着鼻子就不通气了。为了使自己镇静一些，他不由自主地掏出了烟锅。还没有送到嘴边上，郑义桐立即下了禁令："注意：还有一点非常重要，开会时请大家不要抽烟。这是个不好的习惯，但是，也有法子克服。那就是在第一次党委会上，一定要形成一种风气，作为今后的楷模。新党委嘛，要有个新的精神面貌，风气好坏，一旦形成了是很难扭转过来的。人家说'不能坏了坯子'就是这个道理。"

往下，大家开始了谨慎的发言，而郑义桐却很少开口了。他非常仔细地倾听每个委员的讲话，一字一句也不漏掉。必要时，只是偶尔很简练地插一两句，就能牢牢地稳住会议的舵把："请你谈具体点儿。""谈得不错。请下面发言的同志谈得更实在一些。""有热情，是不是太乐观了？""梁总的发言我喜欢。很朴实！"……

等到大家谈得差不多了，轮到党委书记做总结的时候，只见郑义桐不慌不忙地插好钢笔，没有清一下嗓子，也没有动一动身子，稳如泰山地开了口。他不知出席过多少次这样的会议，也不知组织过多少个新党委，丰富的经历将他磨炼得格外精悍，他深得不同场合下抓不同关键的要领，对人严，对己更严。发言中，该繁则繁，该简则简，就像是一名医术烂熟的老郎中给人针灸一样，无一针不是准确地扎在了穴位上。

无可非议，郑义桐的领导能力是出类拔萃的，几乎达到了艺术的境界。就连也曾多年从事领导工作的傅连山，看着郑义桐那胸有成竹、运筹帷幄的气概，听着郑义桐那言简意赅、落地有声的发言，心中也不由得连连叫起好来。

不过，傅连山听到郑义桐结尾时的那段话，就觉得有些煞风景了。

这段话与前面的整个发言不大协调，比重过大了。十来句话几乎每句都提到了地委，没有必要如此过分地强调吧？比如：我们这个班子是经过地委反复酝酿的呢，我们每个同志都是经过地委仔细考查过的呢，地委对电业管理非常重视呢，地委对我们寄予了很大的希望呢，地委充分信任我们呢……后面几句甚至有些不大妥当了：我们应该本着对地委负责的原则呀，不折不扣地服从地委的领导哇，坚决执行地委的正确指示呀，等等。

离下班只差五分钟的时候，郑义桐恰到好处地结束了自己的谈话。他环视了一下会场："还有什么不同意见吗？"

"我还说两句吧！"

大家愕然一愣：谁这么不识时务？

梁友汉一看，又是傅连山！唉！你怎么啦？党委书记的总结是压台戏，发完言就达到了会议高峰。那句问大家有没有意见的话，最初是想征求意见的，经过时间的演变，慢慢就变成了尊重大家的客气话。发展到现在，已经成了"可以散会了"的同义语。你为什么偏偏要越这个位？看，这位郑书记已经很不愉快了。还有，已经到了下班的时间，大家心已飞回家了。你这一发言，大家只好走不成，瞧他们那不耐烦的样子，你何苦得罪众人呢？

但是，梁友汉还没有想到第三点：傅连山竟毫不客气地挑剔起书记的发言来。

"郑义桐同志的发言，我同意的方面就不说了。有两点不同的意见，请老郑和大家考虑。第一，关于局务工作的问题。我认为每次召开局务会都要经过党委研究批准，这是不合适的。党委对正常的行政工作不要干涉太多，以免束缚了职能部门的手脚。第二，对郑义桐同志发言中提到的不折不扣地服从地委领导，我有不同的看法。如果指党的组织生活这些方面，这是毫无疑问的。具体到业务上的事，根据电力工业的管理特点，我们应该保持相对的独立性。请党委考虑。"

"独立性"三个字把大家骇了一跳。什么？跟地委闹独立？嗬嗬！大家面面相觑，不敢出声了。

郑义桐看了看傅连山，显得很平静。隔了片刻，郑义桐向大家说："老傅同志在党委会上畅所欲言，是值得提倡的。他的意见，请大家考虑。我对老傅同志的发言，持保留意见。"

他转过头，盯住傅连山的脸："说完了吗？"

"就谈到这里吧。"

"散会!"郑义桐谁都不看，大踏步地走了。

十三

在这样的单位，党委书记持保留意见可不是好玩的。你还指望有商量余地？别做梦了，这就是表示党委已经否定你的意见。

没奈何，傅连山通过十来天的调查，准备召开一次局务工作会议，还得向党委提请批准。也许傅连山的担心是多余的吧？其实这也很简单，党委马上就研究同意了。

全局干部大会是在六楼大会议室召开的，这下可苦了那些干部同志。有不少年老体弱的同志爬得脸色苍白，汗水淋漓，扶着楼梯张开嘴吐粗气，一个劲儿地抱怨：为什么要把大会议室建在六楼，谁设计的？真缺德！将来养下儿子准没屁眼儿！

经郑义桐向大家一介绍，傅连山就在一阵掌声中上了讲台。他居高临下，仔仔细细地看着到会的干部们，没有坐下，也没有出声。

到会的人当中，很多还是第一次见到这位新上任的局长。不过他们通过各种渠道，早已风闻了不少关于这位局长的情况。有人说这个人气宇轩昂，魄力极大，说到做到。有人说他手眼通天，四通八达，什么事不顺心他一来火就闹到省委去了，连省委书记也得让他三分。也有人说他博览群书，浑身都是本事，光电气方面，几个工程师都考不倒他。还有的人不知怎么了解到有一次处理事故，他没有采取一点儿绝缘措施，牙一咬，伸手就拉开了高压开关。弧光射起一丈多高，照亮了几里路远，他却安然无恙！七谈八论，这位相貌堂堂、美髯连鬓的汉子，差不多成了传奇式的人物。大家早就希望见识见识他的手段，一听说要开干部会，新局长与大家见面，便趋之若鹜。哪怕有六层高楼攀登之苦也在所不辞。

"果然名不虚传哪！你看他那双眼睛就是不一般，炯炯发亮，多有神！"他们心中赞叹道。

傅连山把这支干部队伍检阅了一遍，未曾开口，先笑了起来。大家不知所以然，心里有些纳闷：他怎么了？

"同志们哪，我刚才想起了一个笑话，憋不住先乐了。趁开会之前，给大家聊聊怎么样？"

没想到这位新局长竟如此随和，第一次开会就讲笑话？大家活跃起来，一片叫好声。傅连山清了清嗓子，讲起笑话来："不知是在哪一朝了，有一位封建脑瓜挺顽固的县官，到一个地方去上任。一了解风土民情，那个地方的老百姓有个毛病：凡属是男人都怕老婆，没有一个不怕的。"

干部们乐了，津津有味地往下听。

"这个县官一听，大发雷霆！男子汉大丈夫，堂堂仪表，凛凛身躯，岂有怕老婆的道理？本官却是不信！第二天，他把全县结了婚的男人都传到县衙门外面，想考察一下到底有没有不怕老婆的。县官在地下画了一条线，吩咐那些怕老婆的站左边，不怕的站右边。只听见一声锣响，人们哗的一下都站到左边去了……"

"嘻嘻……"干部们越听越有兴趣。

"这可把县官气坏了，他刚想发作，咦？就看见线右边站了一个人。这下他又高兴了，心想我可要重重地奖赏一下这个人。于是，他把那个人叫到面前问道：'你不同他们站在一起，一定是不怕老婆的了？'那人一听，噗地跪倒下去：'启禀老爷，您弄错了，小人不敢站过去，是因为小人的老婆多次教训小人，不准到人多的地方去。'"

开会的人哄的一声哈哈大笑，有的人连眼泪也笑了出来。郑义桐是个挺严肃的人，也忍不住笑出了声。

傅连山等大家缓过气来，向下压压手，让会场内安静下来，言归正传。

"笑归笑，开会归开会。人人都有高兴的时候，也有不高兴的时候。我想，干什么事也都得这样，匀着都来一点儿。我怎么想到了这个笑话的呢？因为我想看看我们干部队伍中领导和群众的比例，我也想把大家分两边坐坐。现在就请副科长以上的中层干部靠这边坐，一般行管干部靠那边坐，大家调调位置吧。"

嗬！绕了那么大的一个圈，他在这儿等着呀！干部们脸上的笑意还没有消失，不少人心中突然就变了滋味儿。但也有很多人更加兴奋，闻风而动，立即换到另一边去了。

"请大家迅速点儿。我不是县太爷，地下也没画线。职务只是表示分工不同，坐哪边都光荣嘛！"傅连山没有笑容，连声催促着。

郑义桐站了起来，向下面挥着手："大家动一动。按老傅的划分，赶快换换，快一点儿！"

于是，情愿的，不情愿的，都站了起来，向自己该去的那边走去。这有什么呢？还有不情愿的？而且正是那些科长和副科长在这种场合下很不想动。本来在一个部门负点儿责任，是群众的信任，领导的委托，光明正大的事，但那些不想动的中层领导谁也说不清为什么这样难为情。

分成两边坐好后，科长们这边的座位从第一排到最后一排全部满座。科员那边呢，六人一排的座位整整空了八排出来。

傅连山飞快地清点了两边的人数："副科长以上的干部应到一百五十一人，实到一百四十四人，缺席七人。一般干部应到九十六人，实到九十六人，无人缺席。"

包括郑义桐在内，会场上的人都惊讶起来。对傅连山能这样精确地掌握会场情况和如此迅速的思维能力，发出了一片啧啧啧的赞佩声。

"安静一点儿同志们。我想请大家看看我们的会场，也就是说，看看我们佳津地区电业局的行政管理机构，看看我们的干部队伍。在这里，副科长以上的干部占了五分之三，成了大多数。干部多不算坏事，目前我们国家真正有业务能力，有事业心，能在一个部门独当一面的干部不是太多，而是太少了。在座的同志们也许要问：我们这样的情况到底好不好呢？我说，这是很不好的。为什么？我又想说一句笑话了，一个科里科长多了，反而不如一个科员的权力大，你们信不信？"

傅连山停了一下，看了看会场，大家正在聚精会神地等着他的下文。

"打个比喻吧，咱们行政科有五位科长，各人管各人一行。你管办公用品，就无权过问分配房子的事。我管家具，也不能过问招待所的来客接待，这不要误事吗？但是，唯一一个办事员却能样样过问，每个科长都要给她安排事，因此，她一出马就可以任意代表某一科长。这么看起来，哪个科长的权力比她大？她倒成了实际上的科长了。这当然是句笑话，可是同志们哪，别忘了一个和尚挑水吃，两个和尚抬水吃，三个和尚没水吃哟！在其位不谋其政，或者是占着位置无能为政，这不是好事呀，同志们！"

郑义桐提着一个开水瓶，走到讲台旁给傅连山的杯子里续水。他好像是无意地把茶杯碰出了响声，但傅连山根本没看是谁，点了下头表示谢意，又继续谈下去："现在的问题是怎么办。原来听……"他停了一下，没把名点出来，"听说超编了二三十人，现在才知道，实际超编人数是一百零八人，整整一个梁山寨。这一点是不能含糊的，省委有明确指示，一个人也不能超。"

干部们不安起来，纷纷交头接耳，不知在议论些什么。傅连山没有急于要大家安静，一直等到嗡嗡嗡的声音自然平息下来才接着发言："有点儿坐不稳了吧？不用担心嘛。这种局面不难扭转，就看有没有决心。第一，从现在起，人事科要对外关门，一个人也不能接受了。第二，人浮于事的现象必须根除。超编的同志要另做安排，请大家做好思想准备。第三，关于去和留，完全以业务能力和工作需要为标准。全体同志都要分别参加业务考核。同志们哪，好长一段时间以来，我们的干部建设，都存在着很多问题。这些问题不解决不行了。再像过去那样能说不能干，或者不能说又不能干，成天唱着高调，昏昏庸庸，上得下不得，占着茅坑不拉屎，能适应四化建设的需要吗？有人说这得慢慢来，我说不！人家怎么来我虽然管不着，我们这个单位就不能慢，必须马上进行……看来有的同志开始背包袱了？我不劝他放下包袱来。有压力多好哇！你要是怕自己落伍，就咬着牙赶上去嘛。实在赶不上，只好委屈一下啰。今天我只打算专门谈谈干部问题，完啦！"

又是一阵掌声。和初上来那次比较起来，掌声单调了一些。但是，时间比那次长，局部地方的声音比那次要焦脆、响亮，听得出是使着劲儿拍的。

散会的时候，有的人站起来，不愿意马上离开会场，仿佛有点儿留恋着什么。有的人站起来后，只是下意识地随着人流挪动着自己的脚步，脑子里一味地思考着问题。还有的人恨不得把脚板底下涂上一层油，从六楼到一楼，刺溜一下就下来了。他们这才省悟到，上去时爬得汗流水滴，下来竟是这么容易！

但是，不管是哪种人，有一个共同的目的还是达到了：总算见识了新局长，的确身手不凡！

十四

善于发现苗头，又善于做思想工作的郑义桐，经过一番考虑，选取了一种对老傅提出忠告的方式。当天晚上，他把傅连山一个人请到自己家里来做客。傅连山是个很随便的人，"见官不向前，做客不落后"。加上正有几件事想同他商量，于是没有推辞就去了。

郑义桐的家庭环境使老傅顿时产生了一种久别重逢的亲切感。

正面墙上，朝大门挂着一幅放得很大的照片，用几乎是黑色的框子框着。照片恐怕有些年月了，已经微微返黄，但图像十分清晰：毛泽东同志身着白色衬衣，和蔼可亲地握着一位青年干部的手。青年干部虽然大半个脸都朝里侧着，但是一眼就能看出来，这是郑义桐。镜框下写着方方正正的黑体字："世世代代牢记毛主席的恩情！"令人肃然起敬。

家具摆设很朴素，很整洁。老郑卧室内那张床，是当地农村中比较典型的一种架子床。这种床高大、壮实、古板，从四面看都是方框形的。床边一个书架，那是竹制的。上面放着不少的书，除了齐齐全全地陈列着伟人的著作外，还有不少新增添的有关电力方面的技术书籍。有一本没有放进架子内，封皮上印着书名：《超高压输电线路》。屋内绝无盛行于市的时新家具，大部分是竹制的。几把矮矮的靠背椅还是手工用杨木弯制而成的。

小桌上放着一件未补完的军装，上面补丁压补丁。军装是的确良的，当然不是老郑转业时的纪念品，那个时候还没有的确良布呢。不过老郑喜欢穿这种衣服，总丢不了本色。

"看着觉得土气吧？"郑义桐并不自弃地说，"不知为什么，我倒觉得这样还自在一些。可能是我这思想太僵化了吧？啊？哈哈哈！"

"哪里哪里。有的人……生来爱吃素，各有各的口味，那又何必强迫他开荤呢？"傅连山只好这样回答。

饭还没有摆上来。郑义桐给傅连山沏上茶，开门见山地谈起心来："老傅哇，我对你这个人很佩服哟。从上次到省里第一次见面，你就给我留下了很深的印象。不过……"他乜斜了傅连山一眼，"咱们都是党员干部，我说话就不客气了。"

"好哇，有啥说啥嘛！"

"我觉得你今天在会上的发言……怎么说呢？是不是太……那个了点儿？啊？"

"老郑，你觉得我说得不对？"

"对不对那是另外一回事啰。你想想，话说得那么直截了当，干部们受得了吗？还是要注意方式方法嘛……"

"哦……"傅连山想了一下，刚要开口，老郑的爱人端上饭菜来，喊他们吃饭。

老傅是第一次上门的贵客，菜做得很丰盛。中间长盘子上一条肥鲜的糖醋鳜鱼，其余四盘四碗，鸡鸭肉蛋，色味俱全。

"来来来，吃着谈，吃着谈。"郑义桐把老傅让到桌前，"哎呀！实在没有菜，你就别见怪哟！"

"哈哈！这就是你说话的方式方法吧？要是我用这桌菜招待你，我就会说：'请吧，因为你初次来，我特意为你准备了很多菜。这条鱼是我夫人的拿手功夫。'你看这么说不是更直率吗？你说呢，老郑？哈哈哈……"

傅连山很容易忘记所处的场合，只顾说得痛快，把郑义桐弄得很狼狈。

真是酒逢知己千杯少，话不投机半句多。这一顿饭，两人都是尽量多动筷子，少动嘴唇，酒不过三盅，饭不过两碗，都觉得量满欲足了。

吃过饭，郑义桐又谈起干部会来。

"干部的确是多了点儿。这些同志自己又有什么责任呢？辛辛苦苦为党工作了一辈子，现在工作刚刚舒适了点儿，我们就……"

"不。老郑啊，你说错了。往后的工作不是更舒适，而是更艰苦。"老傅纠正着他的话，"我们也不是责怪他们本人，而是根据各人的工作能力，让他们担任比较合适些的工作。我相信：只要我们讲清道理，他们也是想得通的。"

郑义桐衡量了一下自己的力量，觉得像这么说下去，很难使老傅转过弯儿来。他稍稍沉默了一会儿，又用非常推心置腹的口气劝告起傅连山来："老傅同志，你刚来不久，可能对这儿的情况还不大了解吧？我何尝不是这样看呢？可是……有些事我应该向你交个底哟。我们局里这些中层干部，很多都是地委领导同志指名安排来的呀。他们都有一定的工作资历，你想想，能那么随随便便地就动了吗？"

傅连山看着郑义桐，感到这个同志心肠不知道为什么这样慈善。他记得听谁说过，郑义桐是地委委员，可能他的顾虑多一些吧？还记得听谁介绍过，说老郑这个人不管在哪儿工作，对自己都很严格，清水衙门、无懈可击。这样的同志一般是求稳。自己这种大刀阔斧的作风要强加于他也不现实。还是耐心地谈吧。

"老郑,你有些过虑了。地委那儿倒好办,关键是我们党委。电业局这样的单位,对干部的专业化要求是不比一般的。我建议党委拿出个意见来向地委汇报一下……"

"不行。"郑义桐坚决起来,"党委不能向地委施加压力。不能把包袱向上甩。"

"可我们这儿不是收容所,上面也不能把包袱向下压嘛。"傅连山也坚决起来。

郑义桐诧异了。对方软硬不吃,使他又难堪又上火。他鼻孔内出着粗气,脖子上的青筋鼓胀起来,像是一根根红豆角。终于,他忍不住了,忽地站了起来,怒从心头起,恶向胆边生:"同志!心中要有党委!集体领导,不能一人说了算!"

"什么?"傅连山怎么也没想到郑义桐会发这么大的火。光是火就很让人受不了啦,他还拉到原则上去了。这可把傅连山撩发了!但他还是保持了理智,虽然语气并没软下来:"压缩编制的事,党委是研究同意了的。"

"但是,什么时候压?压多少?怎么压?什么时候向群众宣布?这完全是你自己的意见,连我都不知道!"

"积极设法执行党委的既定方针,这是我的职责范围!"

"咱们说话、办事是要负责任的!"

"我随时准备对党委负责!"

"那好吧,明天就开党委会,咱们会上见。"

郑义桐推开椅子,走向自己的房间去了。他自己也没料到竟会这样来了结这场不愉快的家宴。在他的工作经历史上,诸如此种难以啃动的同僚,他还不曾遇见过!

傅连山窝了一肚子火，从郑义桐家不欢而散后，直奔梁友汉家。以前，老傅遇到了不顺心的事，总是要找梁友汉唠上一气，心境才能平静一些。现在，他更恨不得马上找到他。

到了梁友汉门边，傅连山停了下来，心里默了默神：明天要开党委会，这个时候到他家去，人家会不会说是私下串联？他想到这里，又回忆起那个忠实的背梯子的电工，那张神秘的不知来路的字条……这个大大咧咧的人，很不习惯如此小心谨慎地思考问题。既然背后有那么几只眼睛在窥视着自己，那就算了吧！他一抬脚，向旁边岔道上走去。

围墙内已经开始精心绿化，移栽了不少花草树木。傅连山信步走到一排小树前，心不在焉地打量起树苗来。

这是一种比较普通的常青树——香樟。看样子栽下去还没几天。树根周围刚刚浇了水，泥土浸湿了一块黑圈圈。树干还很细嫩，最粗的也只不过同墨水瓶的直径差不多。为了加强树干的耐风力，每棵树干都绑上了一两根竹棍。枝叶倒是十分繁茂，蓬成了一个圆球状。但是，树梢已经开始发黄，有些树叶已经卷曲，用手一捏，喳喳作响。怪不得人们拼命地往根上浇水，原来是试图挽救这些树垂危的命运哪。

"揪着耳朵擤鼻涕，劲儿使得不对地方！"傅连山自言自语地来了这么一句。当年在干校时，他种过这种树，懂得一些经路。像这样移栽过来的树苗，根须受了些损伤，吸收水分和养料的能力大大减弱了，无法满足茎叶的需要。必须打掉很大一部分枝枝叶叶，才能使这些小树成活、苗壮，长成栋梁之材。否则，再浇水，再加撑都是枉费心机。如果迷恋于这些枝叶昌盛的暂时的外表，下不了狠心，那就将导致整棵树的毁灭。

傅连山感慨系之。他伸出手来，开始给小树苗打枝……

回家的时候，已经是晚上九点多钟了。老远就看见家里灯光通亮，走近一点儿，还听到一些人的谈笑声。这会是谁呢？人还来得不少？

傅连山疾走了几步，推开房门。嗬，十来个人把小客厅挤得满满的，都是些生人。认识的人当中，除了老伴儿、梁友汉以外，还有那天在技术科见过一面的青年技术员、地委书记的儿子郭小成。

说来也有些好笑，第一次到技术科去的时候，梁友汉最不满意的就是郭小成。但是，没隔多久，梁友汉对技术科里最满意的技术员也是这位郭小成。有一次，他非常意外地对老傅说："咦，小郭那一脑袋的头发卷儿，是天生的呢！"又过了不久，梁友汉竟央求起傅连山来。他就是看中了郭小成，非调他当自己的助手不可。他首先自我批评了一顿，说自己不细致，不深入，以貌取人，差点儿错怪了对方。而后又举了许多理由来说服老傅，说小郭这个青年底子并不差，为人有主见，忠厚、老实，大智若愚。最后，他吞吞吐吐地对老傅说，带着这个人还有些"好处"。当老傅故意问他有些什么好处时，这个大书呆子脸都红了："人常说……上吊也得找棵粗大的树嘛！"傅连山摇着头笑了。谁知郑义桐却很爽快，马上同意了梁友汉的请求。

"你上哪儿去了？客人们都等你老半天了！"一见老傅回来，方贞园立即迎了上去，"我到郑书记家去问过，他说你出来好久了。"

客人们纷纷站起来，向傅连山打着招呼。梁友汉心花怒放，劈头就是一句："老傅，猜猜他们是谁？哈，知道你猜不着。这是局里的职工们挖地三尺，推荐来的专业技术人才。怎么样？敢不敢要？"

梁友汉这一段时间，完全陷到各个技术部门去了。经过一段时间的调查，他深感技术人才欠缺。最近，局里很多人被梁工这种求贤如渴的精神所感动，先后向他提供了不少本地区原来从事电力事业的人。这些人因为几次政治局面的大波动，已忍痛离弃了自己的专业。

郭小成把一位老同志拉到前面："傅局长，这是我们地区'文化大革命'以前供电所的工程师。中华人民共和国成立前就从大学毕了业，是专攻自动化专业的。"

傅连山赶快握住他的手，望着他那满头已有七成白的头发，热情地问道："您现在在哪儿工作？"

"唉，地区花纱布公司的采购员。多年没同电打交道，怕是不行啦！"他话意既伤感又自谦。但他紧紧盯着傅连山的那双眼睛，却有些潮润，充满了怀疑，也充满着希望。

另外几个人，有以前专门研究仪器电表的，有专学电机电器的，也有搞过很长时间外线设计的。他们有的是原来就在本地区的，有的是从别的地区转过来的，也有的是从某研究所下放的。

老傅心里一阵发热：原来以为这个地区缺少技术力量，这不都是埋在脚底下的吗？只要能下气力把他们挖出来，都是价值连城的珍珠哇！他感动地望了望梁友汉，这家伙真有能耐，不吭不响，步步走在实处，这下可解决大问题了。

猛然间，老傅发现上衣口袋盖上，沾了一片樟树叶，这是打枝时无意留下的。他的心一下就像失去了依托似的往下一跌，半句话也说不出来。白天在干部大会上，自己当众宣布要人事科关门。当务之急还有百十名干部要往外安排，为了这件事，刚刚还同郑义桐发生了分歧。明天党委会上，不可避免地又有一场争辩。在这种情况下，能接受眼前这几位同志吗？

咳！难办的事，为什么尽是些非办不可的事？真他娘的让人头疼啊……

十五

像一瓢冷水突然倒进滚开的油锅里，佳津电业局哗的一声翻腾起来。

傅连山和梁友汉刚刚走进办公楼，就只见院内院外楼上楼下吵成了一锅粥。争论的内容十分奇怪，直通通地就说到精减谁不精减谁的上头去了，好像有谁递了什么内部消息似的。人们自动地分成了几派，你说我是混饭吃的，我说你是大草包，争得不亦乐乎。

党委成员各怀着各的心事，受外界争论的影响，互相都带着戒备心走进了会议室。刚要开会，大王一步跨了进来，手上挥动着一大沓字条子："你们看看你们看看！二十几位科室负责人，请病假的，请事假的，都不干啦！谁干的好事嘛，这下全乱套了！大家说怎么办吧！"说完，非常生气地将字条摔在郑义桐的座位前。

事情继续向高潮发展！党委成员们刚刚坐定，哗啦一声，会议室的大门被冲开了，带着风挂着火地闯进来六个男女，自称是干部推选的"代表"，感情非常冲动，理直气壮地责问党委"居心何在"。

室内不少人神经一下就紧张起来。这六个人可不一般，他们都是有来头的，各有各的功底，非同小可！闯进了党委会议室，他们毫无顾忌，满屋子的人谁也不放在眼里，如入无人之境。其中有位六十多岁的"代表"，操着地地道道的本地方言，口吐白沫，不知心里哪来的那么多委屈："我哩那时季就搞起农会，脑壳子系到裤腰带带高处，一年四季闹革命。咯提干部我就硬是当不得呀？咯就是呷冤枉饭嗒？呷几碗冤枉饭又何是呢？我哩没得文化，毛主席不嫌我，省里不嫌我，地委不嫌我，就是你哩无么大个新党委嫌我何是？无得这种事！考！考！考他外婆的一个鬼哟！"

跟着，一名体态肥胖的女干部又号天号地地哭闹起来："是哪个缺德的角色，搞起我的名堂来嗒？呜——！我一冒犯错误。二冒出问题。三冒偷东西。就把我写到名单高处嗒？不得好死！呜——！老子要同他打官司！打到地委去！打到法院去！呜——！咯样欺负人哪？不晓得锅是铁打的呀？呜——！"

其他四个人，有的质问党委，有的大声抗议，有的捶胸顿足，有的拍桌打椅，把个党委会议室搅得一塌糊涂。

"出去！都给我出去！"

郑义桐火冒三丈，拍着桌子怒吼起来。这六个人闯进会议室来，的确是他完全没有料到的。开始他没有吭气，倒不是对他们畏惧。他觉得让这些人说说话也不无好处。后来看见他们闹得越来越不像话了，简直到了肆无忌惮的程度，于是就不管三七二十一，暴怒地将这几个人轰了出去，把站在一边沾沾自得的大王闹了个大惑不解。

不久，各科室相继平静下来，因为大家的注意力都被引向了党委会议室，那里面爆发出比所有房间都要激昂的争论声。由于大家都争着发言，你一句我一句，像几挺重机枪，打起来分不出个点，争论的内容混成了嗡嗡一片，听不明白。

"嘿嘿，有意思。"代冰冲着党委会议室，又说起俏皮话来，"原以为新党委是个坚强的战斗堡垒，谁知他们在堡垒里面战斗起来了。"

话未落音，新局长傅连山铁青着脸，大步流星地冲进行政科来："给我派个车!"

"哎哎!"萧科长不敢怠慢，"您上哪儿?"

傅连山浓眉往上一竖："这也该你管?"

"不不……我……这就去给您叫。"萧科长连忙转身……

傅连山一把抓住了他的胳膊："这儿有电话!你当着我的面对车队说!"

傅连山气坏了!这叫什么党委会嘛，简直无法谈到工作上去。只要自己提出一点儿什么意见、看法来，必然得到一致的否定，不管正确不正确。人员超编的问题，是非如此明显，就是没有商量的余地。傅连山还没敢把昨晚上那些人归队的事往外说，看那架势，说也白搭。没想到他不说，人家早就一清二楚了。开会的时候，这一点变成了他们强有力的根据：你不是说人多了吗?那你为什么还要悄悄地在外面物色人?你已经发号施令要赶走一批人，没有同党委通气这倒不说，又私下招兵买马，什么意思?

沈副局长最听不得人家说他不懂业务，也听不得人家说这里没有技术力量。他对傅连山最大的意见也在这里：你想干什么?我们不行，你行?你物色人，硬塞进来，这不是拉帮结派，排挤我们吗?

更令人受不了的是政治处的那位大王，说话真叫作凸牙齿啃西瓜——挖肚！他十分激动地提醒大家"不要搞宗派"。说现在有人为了站住脚，就独断专行，想排斥一大批党的忠实干部，同时又想安插自己的亲信。这些人就是利用"压缩编制"这面合法的旗帜做掩护，我们要"透过现象看本质"，不能"就事论事"。他还沉痛地回顾了当年当公社书记的时候，一些造反派就是用这种手段夺了人民公社的权。最后，他正言厉色地提出忠告："现在党心民心都希望安定团结，正是向社会主义四个现代化迈进的时候，谁想拉山头，搞宗派，那是绝不能得逞的！'四人帮'那一套吃不开了！"

　　郑义桐呢？他倒是没说这一类的话。大概他知道这些话自有别人去说，或者这些话与自己身份稍有不符吧，反正他一直没发表自己的看法。但是，在压缩编制这个原则问题上，他的态度是非常强硬的。该不该压这是小事，如何压，一定不能由谁说了算。"现在是开党委会，意见不能统一，那就开始表决吧！"郑义桐宣布着。

　　一听表决，梁友汉仿佛被人家突然抽掉了脊椎骨，差不多要瘫下去了。

　　傅连山呼地站起来："表决是什么意思？要大家肯定或者否定一条明明白白的道理吗？你们根本不从工作出发，强行依仗多数，表决会是什么结果，那还不是秃子顶上的疥疮——明摆着的吗？我反对这种不负责任的做法！"

　　"如果你认为党委不如你一个人正确，那么，只好请你保留你那唯一英明的意见啰。"大王的语气充满了揶揄嘲讽，"但是，党委形成决议后，一定要执行。这是组织原则！"

"你这是在同谁说话？！唵！"傅连山的火一下就冲到了脑门心上。你算什么角色？教训起人来了？阴一句阳一句，忍了你老半天你还不识相，反而越来越放肆，如此盛气凌人，这还了得？抛开我是局长、党委副书记不说，年纪也要比你大一大把，你就可以任意戏谑我？像猫戏老鼠一样？真他娘的……"

傅连山还是忍住了。心里一个声音在喊他：不要冲动！不要冲动！面前顶要紧的是工作问题！他强咽下一大口酸气，按下无名怒火，用钢珠般的眸子紧盯着大王："你指的决议是什么？顶住省委指示，反对压缩编制？嗯？……"

大王语塞了："那……反正……"

"在没经过地委同意之前，任何人无权随便削减干部，这就是决议。"郑义桐头脑很清醒，思维也很严谨，"现在请大家举手表决……好。十五个委员，十三票同意，两票反对。同意票占压倒多数，那么就通过了。我可把话说在前头，形成决议的事，如果有人还在行动上反对，那是要受纪律处分的。这一点对谁都一样。"

"我有意见……"

"有意见也不行！不服气可以找地委去！"

"找地委？找玉皇大帝也别想吓住谁！等着吧！"傅连山一抬脚就冲出了会场……

萧科长哪知道这些关节？风头上挨了老傅这一呛，再也不敢耍小聪明，赶快伸手抓起了电话听筒。

不到两分钟，傅连山就跳上了汽车，箭一般地向地委驶去……

吉普车有很强的越野能力，时速也非常之快。但它比起某些现代化的东西，就不行了。比如电话，通起话来比任何交通工具都快得多，在傅连山赶到地委之前，郑义桐的电话早就挂通。车开进那座门时，郭书记已经听完汇报，放下听筒，从办公室走出来，站在草坪等候着这位气不忿儿的"老对手、新下级"了。

　　刚接到电话时，郭书记心里非常不高兴。你傅连山也太过分了，这儿是佳津地区，不是在你家里，怎么就能由你自己想怎么干就怎么干呢？你碰了钉子就往这里来，来就来吧！正好提醒你一句：不要太刚愎自用了。

　　但是，当郭书记出得门来，看见傅连山那辆车开进院内，又看见他下了车，噔噔噔地走过来的时候，郭书记心里突然一热：多么坚定的步伐，多么顽强的人哪！哪怕在他面前的是悬崖、是峭岭，他也绝不会回头半步！郭书记又不由得在心里赞叹：这样的干部，你上哪儿去找哇？别说是郑义桐他们，就是自己，也难得有这样百折不挠的魄力呀。昨天晚上，儿子郭小成回到家里，一个劲儿地佩服新来的局长和总工程师。不是宠爱儿子，而是确被他说动了心：如果这位同志能够与我们同心同德，为地区的工作多出点儿力，那该多好哇？

　　郭书记心里一下就有了主意。他完全修正了自己的表情，老远就喊开了："连山哪——"他记得省电业局的王局长是这么称呼他的，既上口又亲切。"怎么？遇到困难了？老郑这个同志，是有点儿固执，我们经常提醒他。你是知道的，有些同志完全是一片好心，就是不大懂业务，伤脑筋啦？来来来，咱们进去谈谈。"

　　傅连山的火气除非不上来，上来了就不容易下去。进了屋子，粗大的嗓门就打开了："郭书记呀，党委会强行否定了我的意见，我可是赌着气来的呀！如果问题解决不了，我又灰溜溜地回去了，这个例我可不开。你看着办吧，没个答复，我就在这间房子里过夜了！"

"哟哟，这火气还不小？哈哈，什么事你就说吧，只要是能由我答复的，就算你没有在这儿过夜的缘分了。哈哈哈……"郭书记亲手泡了一杯茶，端到傅连山面前。

傅连山见他竟是如此亲切，心中的气渐渐消了一些："郭书记，地委对省里的指示到底有些什么打算嘛！电业局成了疗养院、成了敬老院了！其实，人多一点儿关我什么事？还能让我私人出钱给他们发工资？可是要干事呀，我的书记！说声要考核一下，比捅了马蜂窝还要命！为什么？麻布袋绣花——底子太差了。心里害怕，就这德行，业务还抓得上去吗？原来供电所那些老底子就是不错，可怎么回得来？这家国营大旅社客满了还不算，走廊里都搁了行铺，差不多要膨胀了，像话吗？"

"党委怎么研究的?"郭书记皱起了眉头。

"党委！……咳！"一提起党委，傅连山又来了火，"马尾穿豆腐，别提它了！反正十三对二，少数服从多数，形成决议了，没有地委的指示，谁也不能动。这不，我等着你的指示呢！"

未等傅连山发泄完毕，郭书记就陷入了沉思。想一阵，点几下头，鼻子里发出"嗯嗯嗯"的声音。然后又想一阵，又点几下头，又"嗯嗯嗯"地发出鼻音……末了，郭书记下定决心似的站了起来："连山哪，这件事你放心，我负责给义桐同志谈谈。党委首先得想通，不能像个家庭妇女那样，什么坛坛罐罐也舍不得扔。地委嘛，当然不能由我一个人说了算，那不成了封建家长了？哈哈。但是我想嘛，我是应该尽到责任的。来！我和你一起去找曾部长商量一下。咱们这就去，不要再拖了。"

郭书记如此体贴入微，痛快淋漓，这可是傅连山万万没有料到的。他自从进这个门起，就做好了思想准备，以为同郭书记必有一场争执，至少也得打几句嘴皮官司。他简直不相信自己的感觉器官，听到郭书记这一段话后，竟迟迟没有起身。

事实总归是事实。郭书记已经收拾好笔记本，向门外走去。傅连山这才惊醒过来，一弹而起，紧紧地尾随而去……

十六

组织部大楼里，人来人往，熙攘不绝。夹杂着打字机的咔嚓声，一片兴旺昌盛的景象。

郭书记带着傅连山穿过走廊，登上"U"形楼梯，来到了部长办公室。

门敞开着，曾部长坐在办公桌后面。左手支撑在玻璃板上，托住自己偏向左边的脑袋，右手捏成了拳头，向自己的前额轻轻地、不停地捶着。眼睛使劲儿地闭得紧紧的，下嘴唇被咬进门牙内，现出一副痛苦的神色。

"怎么啦老曾？哪儿不舒服？"郭书记看见他这个模样，吓了一跳。

曾部长睁开眼睛，发现是他们来了，马上恢复了正常："蛮好的，蛮好的，无得事。你哩请坐吧。噢哟，老傅也来嘎嗒，么事情哪？"

傅连山望了望郭书记，没有吭声。这种地方当然还是由郭书记说话合适些。

"老曾啊，上次到省里去协商，谈到了电业局超编的事，你们是怎么考虑的?"郭书记不但义不容辞,而且开门见山。

曾部长略略有点儿奇怪,但他只扫视了郭书记一眼,那双精明的眼眸子立即转了过来。已经心领神会。

"咯个问题,昨夜里都研究过嗒。我哩正在积极想办法。老傅来得好嘛……来来来,呷杯茶叶子再讲。"

曾部长对傅连山特别热情,边泡茶边夸奖他:"老傅哇,你哩的组织关系跟嗒档案,都寄来嘎嗒。不简单呢,你还是三八式的老革命呢? 无下子我哩地区又增加力量嗒哪! 来来,呷茶。"

在同别人打交道时,傅连山最怕两件事:一是人家太客气;二是人家当面提自己的经历,这下全凑齐了。他皱了皱眉,心里很不舒服:有什么意思? 翻来覆去早说腻了。好汉不提当年勇,是英雄是狗熊还得看以后嘛。

好在曾部长并非那种一味奉承别人的人,恭维话点到为止,见好就收。他冲好茶,走到门边把门关上,以免有人来干扰谈话。然后,就陪着他们坐了下来。

"老傅同志,如今呢,你哩调到我哩地区来嗒,我哩就是一家子人嗒,话我就不收起来讲嗒。咯个家丑也要让你晓得嗒。唉,我哩地区咯个干部队伍……伤脑筋嘞! 电业局超嗒编,那算什么哟,不晓得有些单位还要超得多些嘞,无得办法呀。我哩地区的干部,我算给你听听:一解放就发展得蛮快,那个时季,只要你斗争性强,就发展你当干部,农村里一下子就上来嘎嗒好大一批哟。到嗒土改,又发展嗒一批;剿匪又发展嗒一批;'三反五反'又一批,公私合营又一批,反右派补嗒一批;朝鲜回来一批;搞'四清'又是一批,到嗒'文化革命',又不晓得上嗒好多……老傅呃,你是清楚的,咯个干部,无得错误,无得问题,何是下得去啰？你要我哩如何安排？就讲你哩电业局，中层干部多，你何是办？都是那个级别嘞！你哩局架子大，还算安下嗒。我咯里还有百把个无得地方去安排嗒嘞！"

曾部长吹了吹杯子面上浮着的茉莉花瓣，叹息不已。

傅连山是搞过多年行政工作的，干部这本经文好不好念，他心里是知道的。是呀，一个单位是那样，何况一个地区的组织部？成天扯的麻纱都要用磅秤称了。

"你哩看啰，刚才我正在为咯些事头痛呢！"曾部长眼光落到办公桌上，又焦躁起来。他走过去抓起桌上几张表格，牢骚满腹："郭书记呀，你看何是搞嘛？又分来嗒四十个转业干部。上一批还没安排完嗒！唉！年年有，一年几十。他还动不动就是一个团级，叫我哩往哪里摆？有的县十几个书记嗒，硬是不要。我哩组织部无得法，自己留吧？昨年子留嗒三个，今年子留嗒四个，还不得完，又加嗒一个老戚。老郭呀，咯个事还是要想下子办法嘞！我哩地区又不是疗养院，又不是敬老院！何是搞嘛！"

这一句一句，都是实打实的真话。组织部离书记楼二百多米远，曾部长根本不可能看见傅连山到郭书记那里去说了些什么。他提到"疗养院、敬老院"，完全与傅连山的话重合，这就十分有力地堵住了傅连山的嘴，老傅再也不好说什么了。曾部长最后那句"何是搞嘛！"是真心实意地向郭书记讨主意，语气中充满着焦虑不安，确实是发自肺腑。

傅连山开始同情起曾部长来。地方上有这么多难处，也难怪不肯接受省局的干部了。有些问题，牵涉到整个干部体制，一个地区也不敢擅作主张。想到这里，老傅有点儿动摇起来：这一趟是不是来得唐突了点儿？

郭书记一直侧着头,边听曾部长诉苦,边暗暗观察着傅连山脸上的任何一个微小的反应。至于曾部长说些什么,那无甚紧要。既是老生常谈又是无法解决。现在重要的是如何把傅连山这一名不可多得的骁将争取过来,他知道这一点不是很容易做到的,作为在省局工作过多年的同志,考虑问题是比较能从全局出发的。但是,郭书记很能辩证地看出转化的契机:任何人在任何部门工作,不可避免地要考虑本部门的利益。你老傅即使在省局考虑问题很全面,如果范围扩大一点儿,在全省来说,你也只是仅仅站在电力这个角度上为电力部门的利益考虑。省委考虑问题够全面了吧?在全国范围来说,也只能是为本省利益考虑得多些。哪怕是国务院,在全世界这个范围内,当然得首先考虑我们国家的利益啦!

曾部长也有同样想法。当他看见郭书记带着老傅进了门,又听到郭书记那句明知故问的话,便知道该如何做了。于是,他滔滔不绝地大谈其苦衷。客观地说,他介绍的情况句句是实话,说到由衷处,还真动了感情。美中不足的就是只谈了尚存在的问题。而对那些稍有改善的地方和眼见一步步即将扭转的乐观的一面,也仅仅是没有涉及罢了。他认为这样做有好处,更有利于争取傅连山站到本地区立场上来。

从郭书记的脸色和傅连山的反应看来,这番话是奏效了。曾部长心里一高兴,话就挑得更加明朗:"老傅哇,你哩是屋里的人嗒,咯个家如何当,你哩也要多想点嘎子办法哟。电业局嘛,呷的省里的钱,端的省里的碗,不占我哩的编制,还归我哩管,咯么个好地方……"曾部长突然住了嘴,警觉起来。真是智者千虑,必有一失,差点儿把底和盘给托了出来!

郭书记心里有数，要想真正让老傅成为地区的臂膀，除了让他看到难处，尝点儿苦头之外，还要给他加油打气，吃些甜头。不过，下一步还不到换口味的时候，还得带他到几个部门去转转。组织部这里不宜久留，但应该加点儿"味精"。郭书记临走时表了个硬态："老曾，你给义桐挂个电话，就说我说的，干部的业务考核一定得考。各考各一行嘛，怕什么？又不是要你去考科技大学。减员的事，等考核一结束就着手进行。还有，听说为工作上的事，同连山闹了点儿矛盾。这事儿我不管谁对，首先就要批评义桐！不像话嘛！连山同志搞电力这一行是全省有名的，你为什么不尊重人家呀？对他说，今后业务上的事儿，多听听连山的。乱弹琴！"

说完，余怒未消地看了傅连山一眼："连山，你还有什么要补充的？"

这太过意不去了！傅连山赶忙摇头不迭。

从组织部出来，郭书记又要拉老傅到地区经委去"熟悉熟悉情况"。两人穿过花圃，向经委大楼走去。

经委主任到下面县里去了。统计科的科长接待了他们。

这位科长四十六七年纪，前额宽大，但脸的下半部却很窄小，人也很单瘦。鼻梁上的那副眼镜，镜片上有两道圈。因为长期埋头于计划、报表，加上熬夜太多，已显出未老先衰的迹象。但他精力却是非常充沛。

"这个月产值怎么样？"郭书记问道。

"正在统计。"

"估计比上个月呢？"

"郭书记，很对不起。'估计'是领导的事，我们只认数字。"

傅连山暗暗吃了一惊。这样的同志，实在难得。你就是把一担米交给他，他也不会数错一粒的。

"那你就谈谈上个月电业局的情况吧。"郭书记同样喜欢这种人，丝毫也不见怪。

统计科长从办公桌抽屉上拔出钥匙，打开背后一个文件柜，一伸手就从无数个橱层里抽出来一份表格，连封皮也不看，就关上了柜子。其熟练程度够惊人的了。

他翻开表格，向郭书记介绍了很多具体数字：如上个月向上级电管部门共缴电费多少多少，然后卖给用户时增加管理费多少多少，增加其他费用多少多少，共收入多少多少，然后收支两碰，盈余纯收入多少多少……真是小葱拌豆腐——一清二白。

傅连山原来听说，地区供电部门通过这么一转手，能赚不少钱。但具体赚多少就不清楚了。今天一听，真是不敢相信，油水这么大！

"这是上个月供电公司的收入情况，现在已经结束。这个月的情况，应由他们自己统计，对口上缴省电业局。只要抄送一份给我们就行了。因为已改为电业局，就不存在地区收入了。"统计科长补充完毕，仍然站在那儿，等待着新的提问。

郭书记再也没有问什么。他只对傅连山说了一句"我们走吧!"就径直先向门外走去。

"原来如此!"傅连山心里想道。怪不得各地区对成立电业局都或多或少地不感兴趣，一下子断绝了人家的一条财路，能痛快得了吗？看来地区并非不支持专业化改组，只是因为那不是他们的直接责任。他们考虑得更多的是如何把一个地区的经济搞活，如何把一个地区建设好。这当然是天经地义的事。

傅连山赶快走了几步，跟上了郭书记。

　　刚刚走到经委楼外，面对面地碰到了一位干部。他一见到郭书记就嚷开了，声如洪钟："哎！郭书记，怎么搞的？听说省里还是把供电公司收上去了？你们这些当领导的，怎么就不替我们想想呢？生产没有电，让工人打赤膊去摇马达？电衙门厉害呢！什么时候卡你，你就只好干瞪眼。书记呀，这个权就要抓……"

　　"好了好了！"郭书记怕他越说越难听，就把傅连山介绍给他。傅连山这才知道，他是经委管生产的副主任。

　　这位副主任审慎地回顾了自己刚才说的话，还好，没有太多得罪对方的地方，便马上爽朗起来："哈哈，有眼不识金尊。这下就好了，有老傅到咱们这里来，事就好办了。你老兄是省里来的，人熟嘛！不定明天后天，遇到要压负荷、拉闸等七关八卡的，你老兄一个电话去准保线路畅通！哈哈，老傅哇，今后咱们地区的生产全靠你了！好！好哇！活路多了。"

　　接二连三地带着傅连山转了几处地方，刚的柔的让傅连山见识了几个人，郭书记已经感觉到自己的步骤正在发生效力。再下一步，他没有急于迈下去，把傅连山送上吉普车，自己也跟着上了车："连山哪，我同你一起到电业局去！"

　　这句话的分量傅连山是掂估得到的。只要郭书记同自己在局里一露面，这就等于明明白白地告诉大家：地委是完全支持我的，你们看我有多厉害！我傅某人是不好反对的，今后你们都得小心一点儿！傅连山想到这里，立即觉得自己太卑鄙，太可耻，如同狐狸领着老虎走进森林一样。

　　傅连山跳下车来，无论如何也不肯陪郭书记到局里去。由于好胜心、自信心、责任心、自尊心同时受到了无意的损伤，他差不多要变脸了。

"那好吧，到我家里去，正是吃饭的时间了，看我来烙顿饼给你吃，这不反对吧？"

不好再说什么了，傅连山只得又跨进车内。

可能是奔波了大半天肚子饿了，也可能是这个地方葱的品种优良些，傅连山吃着郭书记烙的饼就是觉得香。

"连山哪，我想在下次地委全会上，提名增补你为地委委员……别别，你别推！"郭书记挥了挥手，不让傅连山开口，把一张卷着鸡蛋的烙饼塞到他手上，"工作需要嘛。今天你对我们的困难可能有些了解了吧？还多着呢。靠谁来解决？我是不行的啰，得靠大家。你当我是像送烙饼似的随便就送你个头衔？哈哈，今后，得靠你这位实干家来给地委分担责任啦！往后地委的工作，也就是你分内的事了，要请你多拿主意。希望你不要辜负地委的期望啊！"

傅连山嚼着烙饼，心中很清楚郭书记的意思。这位说话向来同办事一样果断的人，一时间竟不知该如何开口才好。好一阵子，才说了一句："尽力而为吧，郭书记。"

十七

几个月以后，事实证明傅连山是尽了浑身的力气的。然而，事实也同样无情地证明，他越是尽力，离"地委委员"的宝座就越远，正像郭书记说的那样——无缘分。这件事还得回头从那天去地委回来时说起。

曾部长显然已经给郑义桐挂了电话，也许还很严厉地批评了他。当天晚上，郑义桐就到傅连山家里来了。

"老傅，我想同你谈谈。有时间吗？"他朝方贞园望了一眼。

等方贞园退到里屋去后，郑义桐说话了。未曾开口，先叹了声气："唉！我这个人是不大好合作，毛病也不少。新单位新班子，一开始矛盾是很多的。我也是几头受……好吧，地委批评了我们党委，不管问题在哪儿吧，反正我是责无旁贷啰！老傅，你对我还有些什么意见，当面提吧。"

傅连山听得出他这一番自我批评带有很大的强制性。也罢，带气的不责赔笑的，何况傅连山早已没气了。只要能出以公心谈到工作上去，还计较个人恩怨干什么？两人哈哈一打，又心平气和起来。

当他们再次谈到解决人浮于事的问题时，傅连山简直高兴得手舞足蹈起来。郑义桐不但同意在全局搞业务考核，也赞成马上着手摸底，准备压缩编制。尤其是谈到那七八个同志的技术归队问题时，郑义桐的态度非常明朗。

"白天，有人说你另外物色了什么人，我还不知道是指谁呢。后来听梁总一介绍，我想起来了。这几位同志那我是了解的，都是些打着锣也找不到的硬角色呀！唉，这么多年来，冤冤枉枉地垮了下去，有什么问题吗？现在看来都算不得什么。还不说有技术，落实政策也得让他们回来！"

郑义桐紧接着告诉傅连山，这件事已经向曾部长汇报了，曾部长大力支持。他说只要省局同意接受，调回来的事他负责。

"不过，这又有个问题了。"郑义桐在傅连山听得兴起的时候，冷不丁冒了一句，"编制怎么办？"

"如果确实生产需要，又是这种情况……"老傅想了一下，比较有把握地说，"我看问题不大，报请省局在原编制上再扩大他几个嘛。"

"嗯……有道理。"

郑义桐心里暗笑着：就等你这一句话。他记得曾部长在电话里给他出这个主意时，自己也是说的"嗯……有道理"这句话。在决定找傅连山谈话之前，自己牢牢抓住了他爱才如命这一点，果然套中了。看来这个对手不难对付，了不起在业务上他熟悉些吧？那又有什么关系？重大一点儿的事都要由党委决定，还怕罩不住他？

郑义桐立即抓住这个机会，进一步把老傅向里面引："老傅，咱们说动就动。"

"好哇！"

"是不是马上让他们填个表，送省局去报批？"

"对，越快越好。"

"不过，送省局得有个得力的人，谁去呢？"

"老郑，你考虑一下。我去一趟吧！"傅连山哪儿知道，找的正是他。

"哎呀，这怎么行？你刚来，还没休息几天，太劳累了。不行不行，无论如何也不行！"

郑义桐的头摇得像个货郎鼓，一个劲儿地推说他太辛苦了。他知道，越是这样说，越能激将对方。

不出所料，傅连山铁了心！非去不可！

"你实在要去，是再合适也没有的了。那我就强人所难了。"郑义桐显得很无可奈何地摇了摇头，"如果你打定了主意，我可要得寸进尺了哟，明天就动身吧？"

"可以，今天能走也行。"

"说定了，我告诉行政科准备车子。对了，我准备让大王陪你去。你动口，他动腿，已经让他替你准备报表去了。"

一听要大王陪自己去，傅连山心里踌躇了好长一阵，他对大王太没有好感了。这哪像一个政治部主任？业务上屁都不懂，满门子心思都用到如何趋炎附势上去了。一张嘴皮子愣能把死人说得站起来，把活人说得倒下去！哼，要是能由自己当家，早撤他娘的职了！偏偏上头对这个宝贝就是那么宠爱！

但是傅连山又不便在脸上流露出憎恶的意思来。前些日子，七零八碎地听说过大王的一些战斗历程，对此人为什么有那么大的魅力明白了个十之八九。听说在"四人帮"横行时，这个人的爱憎格外分明，曾经"以革命的两手对付过反革命的两手"。在众口齐伐"走资派"的时期，他却满怀着无产阶级的感情，非常巧妙地掩护过地委主要负责干部。单拿保护郭书记为例吧，就很能让人钦佩他的机智。那个时候，郭书记每天都被勒令挂着大黑牌，自己出去示众。早上撕给他一张白纸，晚上白纸上没有六十个造反组织盖的章就不准回来睡觉。在这个严峻的时刻，大王显示了超越常人的卓绝本领。他每天在没人看见时便悄悄把郭书记救到一个秘密的安乐窝里去养息身体，然后骑上自行车，拿着那张白纸，仗着自己的合法身份和一些老关系，不到一个钟头便在纸上盖满了公章。后来为了省事，他将这种盖满了公章的纸弄了一大捆准备在家里，使郭书记免受了多少皮肉之苦，免遭了多少奔波之劳哇！事后，地委领导干部提起这桩事来又是感激又是夸赞，如此立场坚定的年轻干部当然应该充分信任和大胆提拔啰。这是闲话了，反正傅连山对这些事总有些不以为然，但碍于很多原因，也不好强行推托。人事上批指标的事，本来又属政治部主任的职责范围，只得同意让大王一起去了。

派大王同着去，里面还有些原因，恐怕谁也猜不到。最多大家以为他的任务是明送报表，暗暗钳制傅连山。其实，这里头有一个并非不可告人，但暂时还不能说的秘密。

大王可不比郭书记、曾部长等人。别看在地方上派头十足，到了省城就两眼一抹黑了。那地方他还是好多年前来过一两次，这回再看，东西南北都分不清。不管是走在大街上，还是住在招待所里，总是寸步不离傅连山的屁股，生怕迷了路。成天到晚双手紧紧地护住那个公文提包，生怕被人偷走。那里面是一点儿差旅费和报表，他看得比生命还重。

来的路上，傅连山已经想好了应该先找谁，后找谁。到了省里以后，三拳两脚就打通了道路。在别人看来差不多是毫无指望的事，居然很快就被同意了。局里通知他们，已经同意佳津扩大点儿编制，以便让技术人才归队，让老傅他们第二天到局里去办审批手续。

就在这天晚上，大王开始准时发挥起作用来。

吃过晚饭，两人坐在招待所聊天。大王伸出大拇指，把老傅从头夸到脚，足足佩服了半个多小时。然后，从公文包里抽出了一封信："哎哟！真该死！曾部长让我转交给你一封信，我都忘到九霄云外了。该死！该死！"

傅连山拆开信，好一笔工整而又秀丽的字体！小楷毛笔写的，一丝不苟。写信是用的通俗语言，因而比听曾部长讲那口浓重的地方方言容易多了。老傅扭亮台灯，读起信来：

连山同志：

　　辛苦了。

　　老郭向我谈了那件事，我由衷赞同。只要我们做做
工作，估计地委全会是能够通过的，务请放心。

傅连山抬起头，想了好大一会儿，终于明白了他指的"那件
事"是什么。他摸了摸胡子，淡淡地笑了一下，又接着看下去：

　　这一次有劳你赴省办事，目的有二：一、解决人才
归队问题；二、扩大编制问题。地委考虑，这两件事可
以同时争取，请你灵活掌握，尽可能多地替地区解决一
些干部安插问题。

　　来不及同你面谈，相信你能设法圆满完成任务。具
体情况小王向你汇报。

　　祝你成功！

握手

曾庭儒　×月×日

　　傅连山这才明白了自己的真正使命：他们的如意算盘是想借
人才归队的机会趁机多批点儿编制下去，真是用心良苦哇！

　　要在早几天，傅连山一定会火冒三丈，搞些什么名堂嘛！什
么怕我劳累？早就瞄上我了！什么忘记把信交给我了？明明是诸
葛亮使子龙送刘备过江东，三封锦囊依计而行！这不成心要弄
人吗？

　　不过，前后不到几天工夫的傅连山，已经判若两人了。这股

火只在他心中闪了一下就熄灭下去，根本没让大王看出来。不好责难曾部长，也不好责难其他人。就算他们用了心机吧，要不是为了工作，他们又何苦呢？

傅连山只好随遇而安了。他像吞下了一条毛虫似的，转过头来问道："那么……报来了多少人？"

"老郑考虑，把超的全报上可能批不了。连那八名在内，总共只报来六十八人。"

"什么？"傅连山倒抽了一口凉气，"你以为这是赶集吗？人越多越能凑热闹还是怎么回事？"

"哎！这跟我没关系。我只奉命跑腿嘛。"大王一股脑儿推了。

傅连山叹了口气，满脸聪明相，一肚子糊涂汤！能批得了那么多吗？唉，既然来了，不办也说不过去。还是那句话：尽力而为吧。这么多人肯定是批不了的，但是，能多批几个也给地区减轻了一点儿负担。今后长期在下面工作，关系不搞好也是恼火事。他万般无奈地把信收进口袋里："那就碰碰运气吧。这可是瞎子打锣，撞到哪里算哪里，事先说不准的事儿。能批多少算多少吧。"

"哎！傅局长，能批多少算多少可不行哟。只要你不松口，省局还能不批？你这个省里副局长的职还没有免哪。曾部长说了：现在对人才问题强调得紧。他让我告诉你，要批都得批，不批，我们也不少了那几个。他还说你是有办法的，交给你他就放心了。"

傅连山心里一阵阵作呕，实在不愿再听下去。这个草包大王，倒是把底托出来了！为了使自己不至于暴怒起来，他赶快摆了摆手，一头钻进了蚊帐内。

第二天清早，老傅要大王一起到局里去批指标。大王推说要给人家代买东西，把一大本干部呈报表塞到傅连山手上，就自己上街去了。傅连山心里本来就不喜欢让他一同去，接过表就走了。

得！换了个人，无论如何也不会像他这样缺心眼儿。为什么不拉他一起去？当着他的面，把表递上去，人家批不批，批多少，他都亲眼看见的，怪不到自己头上了吧？偏偏傅连山就有这么不世故，真是愧对那五十多年吃下去的大米白面儿！

到了局里，还没等傅连山开口，王局长就千叮咛万嘱咐地唠叨开了。什么现在是调整时期啰，省里专门成立了编制委员会啰，你们那里就是塌了天也只能批几个啰，这是照顾边远地区啰，其他地区做梦都想不到啰，知道了还不晓得有多大意见啰……把个憨老傅堵得严严实实，上下嘴唇就像长到一起去了，根本不可能再张开。

这个时候，本来还有退路的，偏偏他又一次失了策。既然省局多批无望，你就可以暂时不忙报，回头找大王去商量商量嘛。可他没有，八个就八个，抽出表来就让他们批了。

回到招待所，按说还是有一步"上士垫车"的棋，你就说这次实在没有办法，我磨破了嘴唇也不行，人家怎么样也只批八个，不信你去试试……这也能抵挡个大概了吧？傅连山就是蠢到了极点，死榆木疙瘩！他不但没有推，反而还当着大王的面一个劲儿地反省自己：什么不该有这种想法呀，人家都没加，自己加了还为什么想多加呀，怎么不想想这给省里增加了多少压力呀，缺少全局观念哪，等等。最后还很严肃地说："说批归队编制，当然只能报归队人员嘛。为什么想趁机要挟省里呢？什么事都得讲究个光明正大嘛。所以我就只报了八个，其余的我不能往外拿。"

行了，回到佳津，大王向地委一汇报，根本用不着添油加醋就足够老傅喝一壶的了。当时曾部长那个气呀，脸都歪了！郭书记呢，当场就拂袖而去！

这是第一件事。

第二件事发生在局里内部，它却震到地委大院去了。经过七讨价八还价，局里还是分科室搞完了业务考核。这种考核能说明什么问题，人人都是瞎子吃汤圆，心中有数的。傅连山对党委说，这次考核，我们只能把它作为鞭策干部更加重视业务学习的一种手段。他心里明白，要真以它为个什么标准，还不考倒一大批？

事情就是那么怪，考试成绩一公布，科长、副科长们统统名列前茅。这一下可了不得，陡然之间就抬高了这次考试的意义，成了"重要的""里程碑式的""划时代的"一次考试，非得刻入档案不可了。

傅连山对其中的奥秘洞若观火，他知道有很多人是连同答案一起得到试卷的。他不动声色，等到考试成绩一公布，就把主要业务部门的负责人，如生产科几名科长，用管科几名科长，计划科几名科长叫到局长办公室，当着郑义桐和几名党委委员的面，亲自对他们进行口试。他的目的很简单，看看这些人的水平全考出来了没有。结论更简单，大多数人瞠目结舌，自我否定了这次业务考核的赫赫战果。

接着，傅连山发动了全局干部对科室负责人实行选举，要求是有业务能力和工作经验。有的科不是有好几位科长吗？不管他，都是选民，最后只能选一正一副。

"选不上，照样拿你的科级工资，一分不少。而且还少管些事，这还不好吗？"傅连山说。结果，一半以上的科室负责人落选。当局里将选举结果用红纸公布于众以后，大家才开始相信：这次选举真的生效了。

选举中，有一件引起全局瞩目的事。一名平时很不得领导青睐，思想也不怎么的，只是愤世嫉俗的小人物，被一举选为计划科科长，一名少妇毫不迟疑地将一位老妪取而代之。少妇就是行政科那名唯一的科员——代冰。老妪呢？她是地委组织部曾部长的夫人，计划科带职休养的原第一科长。

"她？那怕不行吧？成天埋头在小说、菜谱、服装剪裁法里头……"有人提出怀疑。

傅连山将一本本书递给大家看：在《家庭日用大全》的封皮下，是一本翻得旧烂不堪的《工业计划管理》。

"凭那几本破书？哼！让她说说，她有什么能耐？"原计划科科长太不服气了。

傅连山立即组织了一次自愿参加的大会，让代冰发表她的"施政演说"，并且可以自由地提出业务上的问题，当场由她解答。众人亲眼见到她的能力以后，全信服了。

组织部来电话：这份名单应由组织部审批后才能正式任命。不少人松了口气，对嘛！我们单位并没有对中层干部的任免权！差点儿忘了！

但是，上头最终还是承认了这份名单。那些刚在胸前画完十字的人，这才明白过来，救世主也没有了。什么原因？为什么要承认？不少人分析这与郭小成也当选为技术科科长一事有直接关系。郭小成以优异的成绩和越来越出色的工作赢得了技术员的信任，这就讨厌了！不承认这份名单，必然要殃及郭小成，岂不驳了郭书记的面子？当然谁也不敢抱怨小郭，一物降一物嘛，再厉害的角色也有个怕处吧！这正是无意插柳柳成荫，梁友汉也没有想到，当时带小郭会有这么大的威力。就只靠这点儿小窍窍，竟能一通百通。一支由本局人马组成的新军突地而起，精神振奋地投入了工作之中，开始脚踏实地地改造着机关和业务部门的作风来。而在那些人眼中，更是确认了傅连山的帮派山头已经筑起，自己的天堂已经失去。虽然工资照拿，但鸿鹄之志，岂在这区区沟壑之中？于是乎，嗟叹哀怨之余，都暗暗地对傅连山咬牙：冤有头，债有主，你等着吧，总有那么一天……

傅连山确实没有想到这批下野的人中，有不少是地委各部门负责人的直系或旁系亲属。无意之中，与这些人结下了不解之怨。

这是第二件事。

最让地委生气的是第三件事。地委认为这件事直接损害了地区的利益，简直不堪容忍。

矛盾的起源在梁友汉和沈副局长之间。沈副局长是分工抓技术改革工作的，近来也就偕同梁友汉、郭小成等人一起进行技术调查。开始还合作得比较顺利，慢慢地，由于梁友汉毫不客气地指出某种设备匹配不合理，某个开关站不适合系统要求，某些材料需要更新，某些操作者急需培训时，沈副局长就很不高兴了。他认为梁友汉以权威自居，对自己原来的工作是鸡蛋里头挑骨头，横加指责，眼中根本就没有他这么一个内行干部！于是，发生了一些小摩擦，有几次都争执起来了，很有崩裂的趋势。

这天，梁工和技术科科长小郭，计划科科长代冰一起来找沈副局长，提交了一份需要购置的设备单，请沈副局长签字。

"你是总工程师，还要我签什么呢？"沈副局长语气中不无得意，又不无讥笑。

代冰马上抽回设备单，反唇相讥："对！这本来就是总工程师的权力嘛。那我就列入计划啦！"说罢，真的要走。

"回来！"沈副局长狠狠白了代冰一眼，他才不愿放弃审批权呢！

他拿起一支红铅笔——仿佛是过去监刑官手上的朱毫——以十分内行的眼光审视着设备单。上面很多项目他是比较了解其用途的，好吧，笔下留情。下一项呢……

突然，他发现了漏洞，心里有点儿鄙夷地将"直流录音机"这项一笔划去。抬起头来，嘲笑地说："梁总，你怎么管起工会的事来了？真成了总管？哈哈哈……"

"哪里哪里。沈副局长，这台录音机是生产上用的呀。"梁友汉老老实实地解释着。

"生产？当然啰，也许我是外行吧！但是开关那玩意儿又不会唱歌，电流也不会开舞会，这点儿我还是懂得吧？"

郭小成对这种取笑人的口气实在听不惯："沈副局长，录音机是记录中调所调度员的口令的。出了事故后留有磁带备查，责任就清楚了。"

沈副局长语塞了，但他并未脸红，只是在内心对自己说了一句不在行的话有点儿伤脑筋。他固执地摆了手："知道知道！我是说，有值班笔记就行了嘛！何必花几百块钱？搞得同志之间那么不信任，像是那个……克格勃搞窃听器一样！啊？"沈副局长特别欣赏自己最后这句随口拈来的话。

梁友汉哭笑不得，欲言又止。他心里明白，这一段不知为什么得罪了沈副局长，说多了又怕惹起他的火来，只好缓一步再提吧。

沈副局长继续审阅设备单。"嗯？运动机？"他觉得这是个陌生的东西。仔细一看，不是"运"字，是"远"字，"远动机"。幸好没有念出声来。他搜肠刮肚地回忆了自己干这一行以来的各种印象，硬是没有听见过这个名字。由于录音机的事说了句门外话，这一次倒是没敢轻易取笑。心想开口问问吧，又怕失了威信，越让他们看不起。想来想去，扬长避短，说了一句并不显得外行的话："嗬！这玩意儿……不便宜呀。啊？"

郭小成向他解释说，远动机是为了实现电网管理自动化用的。有遥讯、遥测、遥控、遥调等功能。反正装上这个以后，下面各发、变、供电部门的几种主要数据就可以在省中调所直接看到，不须由下面的值班人员从电话里往上报了。这就减少了误差，提高调度精确性。这是遥讯和遥测。今后，逐步实现遥控、遥调后，自动化程度就更高，基本上可以实现无人值班……

"什么什么？"沈副局长迅速启动了大脑思维部分：这可得认真想想。远动机这东西看来确实先进，这种先进东西眼下对我们地区有什么益处？……完全没有！非但无益，反而有害！你想想，装上这玩意儿，省中调所就能直接监视我们的用电量，这不糟糕吗？好多年来，我们的调度人员就为这个同上头闹矛盾。上头说我们用多了，我们说没有多，有电表为证，那就报吧。一报读数，两头不对。上头又说我们少报了，我们又怪上头的表不准

170

确，最后这笔糊涂账还是记在他们的"线路损耗"上不了了之。要是装了这"远动机"，那还能瞒得了？将来再一遥控，得！非死猴儿不可！

沈副局长非常讨厌起这些录音机、远动机来。他愠怒地望了梁友汉一眼，心里说："妈的！这些人一心想来控制我们地区，直接控制还不满足，他还要遥控？哼！"但他苦于一时又找不出有点儿根据的理由来拒绝签字。难道自己真的只能算个土专家，就这样让他们给唬住了吗？他太不甘心了。急切中，灵机一动，代冰不是本地区的人吗？对，找她帮一把："小代，你们计划科跟财务部门商量过吗？他们同意购买吗？"沈副局长故意问了这么一句，还暗暗对代冰眨了两下眼皮。

"本来财务部门是按我们的计划拨款，不用同他们商量的。但是，我还是事先征求了他们的意见……"

"怎么样？"沈局长高兴了。看来代冰脑瓜子很灵活，到底顺着自己的意思来了，"他们不同意吧？"

"完全同意。就等着我们下计划了。"代冰一个圈子兜了回来，再也没朝沈副局长望一眼，竟安安闲闲地坐到一边，拉着郭小成小声聊起天来。

沈副局长翻着白眼，恨不得一口把代冰吞进肚内！真是"得势的猫儿强似虎，败翎的凤凰不如鸡呀"。小小一个代冰，早一晌能算得个什么角色？如今她也在我面前抖起来了？仗谁的势嘛！别看你今天跟在姓傅的背后挺欢实的，这么吃里爬外，总有一天你要吃大亏！还有郭小成，你也跟着起什么哄？非对你爸爸说说，让他好好地教训教训你。

沈副局长死劲儿把铅笔往口袋里一插，收起设备单："事关重大，暂时不能批!"便愤然离去。把梁友汉弄得窘迫不堪，百思不得其解。

"找郭书记去了。肯定!"代冰眨眨眼睛，一副料事如神的样子，"小郭，你也去找找你爸爸，看看你们俩谁说话灵验。"

郭书记虽然宠爱儿子，但他更爱自己的管区。因此，郭小成第一次挨了爸爸的呵斥。郭书记对沈副局长说，电业局业务上已经不受地区管了。因此，远动机的事，要他去找郑义桐阐明利害。党委顶住它! 郭书记心里还有一句话没说："这批人，净出些馊主意，跟我们离心离德。得想个办法才行……"

这只是第三件事的前奏曲，紧接着就冒出了主旋律。

傅连山和梁友汉经过现场考察，结合系统情况，提出了一个使人瞠目结舌的改造方案：金沟水电站目前的线路连接方式不利于大电网运行，必须改并到整个网路中来。这好比一锄头挖到了沈副局长的脚背上!

金沟水电站是本区一个大灌区的一部分。原来由国家投资承建，拖了好多年没建成。后来下放给地方建，立即见了成效。地区把它列入重点工程中的重点工程，提出了"宁可不交产，也要发出电"的口号，一鼓作气抓了上去。地方投了不少资，费了不少血汗，终于开垦出了这块肥沃的"自留地"。这块"自留地"可给地区带来了不少好处哇，在国家电（他们这样称网路电）不够时，自留电（对金沟电的爱称）就起作用了。

傅连山指的"连接方式"，是沈副局长费了不少脑汁设计的。电站有一组开关与电网相连，在不缺水的季节，整个电网电力很足时，这组开关就推了上去，拼命往电网上送。管你需要不需要，我完成我的发电指标了。傅连山认为这样一来，供过于求，只好让火电厂停机，但是煤还要照样烧，而且再次起动又要很多很多煤，这对国家来讲是不合算的。再者，到了枯水季节，整个电网电力不足了，需要它出点儿力时，那组开关却拉了下来，它发的电从另外的开关送到本地区的小系统内。对不起，不是不化斋与你，先填饱洒家自己的肚皮要紧。

傅连山提出的改造方案包括三点：一、金沟电站只保留与电网联系的部分，其余的全部拆除。电站近区的用电由本系统供给。二、本区尚未联网的小系统不能再存在下去，必须立即改造，与大系统合理联并。三、根据本地区偏远，直配主线电压降较大的情况，金沟电站要改为调相机运行。

"调相机"三个字又难住了一批人。梁友汉对那些党委委员做了尽可能通俗的解释："就是……先开动水轮机，带动发电机发出电以后，同电网并起来，然后再关掉水轮机。大概就这么回事。"

"那……发电机不成了电动机了？"有人问。

"……也可以这么认为。"梁友汉回答道。

人们议论起来：

"那得耗多少电哪？"

"八千多千瓦嘞！"

"电本来就紧张，有粉不抹在脸上，有电不用在点子上，为么子嘛！"

"这划不来！要亏多少钱哪？"

…………

用不着多解释，这么一改造将意味着什么，党委成员们都顺着自己的一知半解"弄清楚了"。大家不谋而合地统一着口径：

"自留地"不能动、祖坟不准挖、明亏暗亏都不要吃!

会还没开完,郭书记和经委那位管生产的副主任一行人就开到了局里,大兴问罪之师。

这个场面有些异样,虽然有几分别致,气氛却非常紧张。为了捍卫集体的利益,大家都理直气壮、气冲牛斗。没有谁提议,会议室的藤椅不知什么时候就摆成了一个圆弧形。圆弧的顶部,威威赫赫地坐着全地区几百万人口的总管,左右两厢挤挤密密地拥坐着以郑义桐为首的所有电业局党委委员和随着郭书记赶来的地委干部,一个个把眼睛瞪得圆鼓鼓的,紧盯着圆弧内。圆弧里头,由沈副局长出面同傅连山进行针锋相对的"内行答辩"。那情景就像是丹麦王带着他的大臣们观看哈姆雷特和他的对手决斗一般。

"我们的系统经过实践证明是协调的,现在还没有必要纳入大电网。"

"电网少了,一个电厂出问题,整个电网就会受影响。电网越大,大电厂越多,一两个厂出事退出,对电网也不会有太大的波动,这是常识。"

"但是,那将丧失地区的主动权!"

"不对,并入大电网不但不被动,供电反而更稳定可靠,更加主动。"

第一回合,一人两剑,沈副局长破绽已现。

"金沟电站是地方投资的,不能随便放弃,一旦网路缺电,它就能顶上去!"

"我们全地区用电高峰负荷是三十二万八千千瓦,正常负荷也有二十五万千瓦。金沟电站只能发八千五百千瓦,不靠大电网，它顶得了吗？"

第二回合，傅连山出剑刚劲稳健。

"可是，大电网说停就得停、说压就得压，你能保证今后不卡我们的负荷？"沈副局长横扫一剑。

"这谁也不能保证。"傅连山侧身让过。

"那你为什么还要把金沟做调相机用？这是我们的自备电源！"剑锋突然一转。

"为了提高电网供电质量。"

"怎么提高？"

"做调相机运行，消耗一点儿有功，却能补偿无功。"

观众们悄然起哄："什么有功无功？蒙人！""有电就有功，没电就无功！""管自己都管不过来，还有功？瞎说。"……

"所谓发无功……"梁友汉忍不住拔刀相助，"也就是能提高电压，多送点儿电。"

"电压低一点儿，电灯照样亮，马达照样转，抽水照样抽，打米照样打，总比没电好！"几个人立即迎战他。

其中，大王一句话就归到底："什么这个道理那个道理，说穿了，就是要替省电业局考虑，心中根本没有我们地区！"

郭书记实在忍不住了，他将手中茶杯里的剩茶哗地泼在地下，发出了指令："郑义桐，你听着：电业局党委继续开会！这么重大的一件事情，一定要认真考虑，做出正确的决定。开完会马上向地委汇报！"说完，紧绷着脸，准备离去。

"等一等！"傅连山更加忍不住了，他一步抢到郭书记面前，挡住了他的去路，"业务上的事，我有权决定！"

郑义桐立即赶过来反驳："地委早有指示，凡属重大事情，一定得通过党委批准!"

傅连山毫不示弱:"我得提醒大家,电业局属双重领导,这是省委的指示。因此,业务上的事,由省主管局决定。地方党委无权干涉!"

"什么!"郭书记倏地回过身来,只觉得头脑里震得山响。他在这个地区,说话向来是掷地有声的。全区任何重大一点儿的事,他除非不拍板,一旦考虑成熟,就是他一锤定音,说一不二!像今天这样竟然有人敢当着自己的面亵渎权威,历史上还没有过!他只觉得血往上涌,千针刺面,铁青的脸一下就变成了紫红色。

但是,郭书记也算彻底领教了傅连山的胆识。他知道在这种场合下发火,非但不能制服这个对手,反而会使自己更加下不来台。终于,腮帮子上的肌肉死命地紧了紧,两只拳头关节咯咯地响了响,便头也不回地冲出了门外。

几天以后,省电业局批准了佳津的联网计划,党委到底没有抵住这股洪流。与此同时,省报又发表了扩大企业自主权的社论,风向不对,地委也不便强令阻止了。傅连山向来雷厉风行,借着这阵东风,已经组织力量动了工。

这三件事,一件胜过一件,终于导致了傅连山同郭书记的彻底反目。不言而喻,郭书记亲口许下的"那件事",当然成了井中之月喽!

郭书记面对这越来越难以控制的电业局,面对着手中伤了元气的权柄,已经是怒发冲冠,忍无可忍!他想,必须采取一些根本性的措施,才能挽回局势,保证地委的绝对领导。看来……非动用某些要害权不可了!

十八

  傅连山索性带了一床小铺盖，搬到金沟搁了个铺，亲自坐镇线路改装指挥部。他一会儿定方位，一会儿调材料，一会儿检查工程质量，忙得屁股不沾凳子。

  瞅个空子，傅连山不声不响地翻上一座山头，专心致志地研究起金沟水电站这颗夜明珠来。金沟，多好的名字！然而，这里的山山水水并不那么美好。坚硬的岩层断壁，几乎没有庄稼的立锥之地。但傅连山爱它。这是建筑拦江大坝再理想不过的基础了。水库的容量还可以，狭长狭长的一眼望不到头。大坝脚下就是发电机房，几组输电电缆将厂房、"羊"字形线塔和开关站穿成一体，小巧玲珑，十分可观。常言说：外行看热闹，内行看门道。这么漂亮的一座水电站，到了傅连山的眼里，所有的弱点都暴露无遗。他舒了一口气，充满了说不出的爱抚又充满了说不出的心疼：金沟哇金沟，你真是小姐身体丫鬟命！如此娇滴滴的模样，人们却要你来干那些无法胜任的粗活儿，不定哪一天把你累倒了该多可惜呀！傅连山下了决心，这一次要一干到底，线路一定得改装过来。

  "第一我要保住你，第二我还得让你献出你的技艺来。等着吧，心肝宝贝！同你的兄弟姐妹拧在一起试试。那时候，你一定会轻松愉快地笑起来，金沟就会变出真正的金子来，闪着金灿灿的光辉，更加令人喜爱了！"

  但是，世界上几乎没有一件事是绝对顺人心愿的。电杆立起来后，工人们刚刚开始往光溜溜的杆身上安装金具，傅连山就接到通知，地委要他去参加即将开始的这一期负责干部轮训班。从后天开学至下个月的今天，时间一个月。线路改装工作由局里另外派人来接手。

傅连山在线路工地上徘徊了半天，去还是不去呢？他看见一串串悬式瓷瓶已经挂到了横担的两端，像一串串冰糖葫芦似的。再过几天，母线就要架上去了，真舍不得走哇！

老傅来到一根电杆前，杆脚下摆着三只准备吊上去的避雷器。不走行吗？电线也怕雷击，人就不避一避？

前面是根转角杆，两个工人正在用一个紧固卡子在收紧拉线。这种卡子的一头是顺螺纹，另一头是反螺纹，收线的时候，用一根铁棍插在中间，越拧越紧。前一段时间，自己同某些人也是闹反了螺纹，还这样拧下去吗？

他计算了一下，还有二十来天，这条线路就要完工了，已约好省局来人做技术鉴定。万一中间有点儿延误呢？现在工地上还差几吨规格线，也得靠自己去跑。还有很多事情，也是离不开自己的。干部轮训班嘛，一期接着一期，这次去不成下次去不也一样吗？他觉得请假是有理由的，于是给曾部长挂了一个电话。

"请假？不行！这是常委定的，学习关于扩大地方自主权的文件，任何人不准缺席。"曾部长冷冰冰硬邦邦地挂了听筒。

傅连山只好打电话找郭书记，很委婉地申述了请假原因。

"你是不是不放心哪？唵？怕人家偷偷地修改你的方案？唵？不会那么没有觉悟吧！"郭书记语气中没有半点儿开玩笑的成分。最后那句话好呛人："双重领导不是省里的指示吗？唵！组织管理由地方党委决定，也应该无权干涉吧？"

放下听筒，傅连山终于明白过来，现在指东往西，已经由不得自己了。他隐隐约约地感受到眼下正有一种异样的东西在向自己逼近。这种东西既不同于郑义桐他们的多数结盟，也不同于郭书记平日的肝火盛怒。这是一种实实在在的力量，就像是潜水员下到深海后耳膜内感觉到的压疼，又像是锻工打开辐射炉时面部感觉到的灼热。反正，不能等闲视之！

傅连山开始卷起铺盖来。此刻，他迫切希望见到派来接替这一重担的人。局里将派谁来呢？当然只能派线路工区的干部了。听说线路工区的人比较认真负责，但老傅跟他们不太熟。这不要紧，当面仔细交代清楚就行了。拾掇完了行李，老傅走出门来，向公路尽头眺望着。远处，一股黄蒙蒙的尘土升腾起来，尘土前面，飞也似的驰来一辆小吉普。傅连山迎着灰尘跑上前去，停车处，立着一个人。傅连山一见就吃了一惊："郭小成？是你？"

郭小成仍旧是那副厚厚道道的样子。但是，今天却有些异常，老是回避着傅连山的眼光，好像害怕多看他几眼似的。傅连山发现他的眼神中淤满了忧虑，似乎又含着一些委屈。傅连山寻思着这里头的变故，一时也没有开口。

"傅局长……我调到线路工区去了。"郭小成望着自己的脚尖，喃喃地说道。

"是吗？因为什么？"傅连山出着粗气。

"因为……"郭小成猛地仰起头，望着傅连山，眼珠子挂着泪光颤动个不停，"……爸爸说我是嫩竹子扁担，应该下基层去锻炼锻炼，局里就……"

"什么？"傅连山已经深解其意了。他一把扶住郭小成的双肩，顾不上抚慰他，却为老战友担心起来："那，梁总呢？"

"病了。躺在家里，谁也不见。"

"啊？"傅连山只觉得头皮在向外扩张。他赶忙把工地施工方案和图纸撂给郭小成，简单交代了几句，便心急如焚地向佳津赶去。

梁友汉的卧室门口贴着一张字条："本人突然觉得时冷时热，恐怕是流行性疟疾，为免传染，谢绝入内！"

老傅呼地推门闯入，梁友汉躺在床上，头上盖着一条毛巾，正在熟睡。他爱人把老傅拉到一边，小声告诉他说，梁友汉一直发烧，刚刚才睡着。看来病得不轻，吃过药又打过了针，如果没有什么急事，是不是让他睡一会儿？

傅连山心里有些奇怪：这个女人比较脆弱，平日最怕梁友汉有个三病两疼的，老梁稍有不舒服她就暗暗地流泪，打个喷嚏也恨不得要他去住院的人，今天眼看梁友汉已倒了床，而且"病得不轻"，她倒稳得住台子？说起梁友汉的病情来，她不但不着急，反倒那么平静，说得那么流利？

傅连山相信了自己的判断，放下心来。只要没大病，抽空再来看他吧。从工地回来还没回家去，明天要去学习了，抓紧回去换换衣服。这一身也够模样了，方贞园看见了肯定要发火，那句话他都猜得到："你看看你看看！衣领子成了剃头匠的钢刀布！人家不会说你啰，还不知道你家堂客有多么邋遢！"

从梁友汉家出门，还有一段路才是傅连山的家。快到屋时，老傅奇怪地发现妻子倚在门口，不停地朝外张望，心神不定地像是在等谁。她一见傅连山出现了，先是重重地叹了口气，然后几步抢出门来，不管人家看没看见，二话不说，拉着老傅的手进了屋。进门以后，头也不回，右脚向后一蹬，砰地踢上了房门，把傅连山弄了个丈二和尚摸不着头脑。

进了门，方贞园才定下心来。她轻轻地将傅连山按在椅子上，满面温柔地对他端详着，怎么看也看不够……

老傅被她看得不好意思起来，心里直劲儿地叫怪，今天是怎么啦？尽碰上些反常的事儿。妻子突然变得如此温文尔雅，特别是当她心满意足地转身去张罗饭菜时，还悄悄撩起衣襟拭了拭眼角，老傅更加怀疑起来。

"贞园，出了什么事了？"

方贞园端上菜，淡淡地一笑："没什么，吃饭吧。"

"不，闷在葫芦里我吃不下。"傅连山放下筷子。

"不行，吃饱了肚子我再告诉你。"方贞园非常固执，"吃吧，啊？我坐在这儿陪着你。"

她双手抱住自己的膀子，伏在桌子对面，像哄孩子似的劝丈夫吃饭。傅连山不愿违拗她的一片真情，只想快点儿弄明白原因，就没再多说，抓起筷子吃起饭来。

看着傅连山狼吞虎咽地吃着自己亲手做的饭，方贞园心里格外舒畅。平素在她外表上很难流露出来的一种妻子特有的无限柔情蜜意，此刻正从她脸上表现得淋漓尽致。她直勾勾地盯着傅连山的脸，疼不尽又爱不完："……连山，你瘦了。"

"嗯。"

"胡子一长，脸显得更窄了。"

"嗯。"

"学习多长时间？"

"一个月。"

"……唉，阿弥陀佛，退灾免祸。"

"你说什么？"

"哦······我说去学习学习也好。"

"为什么?"

"······我怕你身体吃不消,近来工作挺累的。"

"这不像你说的话。"

"······好了好了,不说了。吃饭。"

接下来是一阵沉默······

吃完饭,傅连山想提起话头,一边剔着牙缝,一边故作轻松地打着趣:"贞园哪,我说今天回来怎么就浑身不舒服呢?原来是没有听见你的吵吵声,哈哈。"

"我嫌人家吵你还没吵够?你这个人天生就是不得安宁的命!"

"看看,哈哈,又来了。你呀,吃饶人,穿饶人,就那张嘴不饶人······"

没有听到妻子的回答,倒是听见了一阵压抑着的抽泣声。傅连山吓了一跳,赶忙住了嘴。"你······"

"我······苦能受,难能受,就那冤枉气不能受!"方贞园抑制不住了,"连山!几十年来,我没有拉过你的后腿,枪口指在脊梁上,我没让你低过头。可是······连山,听我一句话吧,调回省里去,调到别的地方去,蹲山沟沟我也情愿,这儿不是人来的地方!走吧,趁这个机会,快走!我们还有一口气,千万别咽在这里呀!"

丈夫是了解自己的妻子的,方贞园尽管经常吵吵,总是有些道理的,绝没拉过横板。她平素气度豁达,一般事情根本不屑落泪。人说树怕伤根,人怕伤心,不用说,一定有什么事伤在她心里了。傅连山急得两眼冒火星,一把扳过方贞园那丰腴的肩膀:

"贞园，一定出了事了，快告诉我！说呀！你怎么啦？梁友汉怎么了？啊？"

"连山……这一晌，局里快翻天了。你知道人家说什么了吗？一般的人说说我还不管他，可是……连山，何苦呢？急流勇退吧，现在还不迟……"

方贞园好容易忍住了抽泣，一点一滴地对傅连山诉说起来。

开始，为那八名技术归队的同志调来的事，一批下野的科长就议论开了。党委开会研究这件事时，又一次被几位"代表"冲了。于是，他们始终被拒之大门外，一个也没调回来。梁友汉为之奔波呼吁，却遭到了一些同志的围攻。说来说去，指名道姓地点到傅连山头上，说他是家长式的作风，在局里独断专行，依仗自己是抗日干部，摆老资格，架空郑义桐，凌驾于党委之上。甚至根本不把地委放在眼里！地委为了顾全大局，一让再让，他竟顺着鼻子上了脸。看那样子，还想再顺着脸爬到头顶上去呢！堂堂一个地委机关，他居然就那么闯进闯出，不可一世！听说有一次还打了地委机关门卫一个耳光，真是飞扬跋扈！等着瞧吧，有好下场的。

方贞园听到这些话，最初并不在意。说就说吧，反正也无法堵住他们的嘴。老傅到这里来，除非撒手不管，只要想工作，不得罪人是假的，谁料到这并不是几句说说而已的玩笑话！

头一天，有人漏出风来说要把郭小成调走。传说的人认为，郭小成是个难得的干部子弟，为人憨厚、老实，一点儿也不搞特殊化；现在却开始自高自大起来，居然还有了"官瘾"。他爸爸怕他学坏了，很生气，决心让他离那些人远一点儿。

这话可不可靠？听的人也并未往心里去。谁知没过两天，真把郭小成调走了。公开理由是线路工区需要技术员，实际效果是验证了那些传说。你说怪不怪？

小郭走了，又有一种传说出现了。由于第一个传说得到了证实，第二个传说不由得不让人担忧。有人说梁友汉充当了傅连山的智囊，为了个人搞出点儿名堂，处处损害地区的利益。地委很不满意，认为他并不适合在电业局工作。还有人煞有介事地说，通过外调，发现梁友汉并不是什么真正的技术权威。这个人精怪很多，阴阴阳阳的，在省电力系统很臭，到处都不要他。省局无法安排了，才硬塞到佳津来的。你们看，他到这儿以后，一心想捞个副局长当当，没有如自己的愿，他就处处想搞垮党委。他是摇鹅毛扇子的，暗地里出主意。傅连山是唱红花脸的，专门出前台……

梁友汉的爱人一听到这些话，吓得浑身发抖，赶忙回家去告诉梁友汉。梁友汉一听气得七窍生烟，幸亏方贞园左劝右劝，才平静了一些。他们分析：一个总工程师，那么容易就调走？还不是少数人由于忌恨造的谣？唉！怀才遭妒哇！

第二天一早去上班，政治处通知梁友汉"荣调地区科技委员会工作"！

蓦地，梁友汉浑身打起了寒战，随后又发起了高烧。干脆，回避牌一挂，躺下了！

紧接着又出现了第三种传说。不，说是传说还不准确，应该说是一件骇人听闻的号外！人们虽然没有到过美国，但谁都相信：白宫发生水门事件后，公民们震惊地传说这桩丑闻时的情形，也不过就是现在这个样子。

"喂，你们知道吗？听说代冰要调走了。"

"是吗？我倒听到过一点儿风声。早知有这一天的。"

"她是什么东西？也能当科长？呸！"

"哼！没有党的领导了还差不多。"

"……也许，还要受处分呢！"

"哦，为什么？"

"嘘——"有人压低了声音，打了个惊天雷，"她同傅局长有不正当的男女关系！"

"啊……怪不得！哈哈，好！"竟然为丑事叫好，又是一怪。

"丑闻"不胫而走。你一言我一语，经过若干轮重复，提炼，加工，故事竟有根有据，合乎情理起来："……你们还记得他第一次到马嘶桥去的事吗？她为什么敢违抗科长的命令就私自派车？她早就知道自己要当科长了！到省里去接他，就是她去的呀，她对他一见钟情，路上眉来眼去，频递秋波，司机都看见了。有一天清早，起来解手的人在招待所花园里看见他们俩在接吻，她衣裳都没穿。可见整整鬼混了一通宵！唉！英雄难过美人关，'三八'式也得倒在石榴裙下，可惜！当时还有人听见他亲口对她许愿，保证给她个科长当。为了让人家服气，他将自己的旧书找了几本，撕下她的书皮儿贴在上面，日后当王牌用……"

听到这里，有人突然一拍大腿："对呀！那天她还搞什么施政演说，怪不得，早背烂熟了！自由提问也有鬼，尽是省里来的人提的。加上尽提些技术问题，别人又听不懂，还不糊弄过去了？我们真是木脑壳，当时还佩服得不得了呢！咳！"

"真的，你们发现没有？就她不喊他局长，什么关系？"

"这还不一目了然了吗？哼哼，好景长不了，有人告到地委去了！看吧，很快就要处理啦！"

方贞园再明事理也忍不住哇，人言可畏呀！她倒是非常了解傅连山的。几十年了，这条铁铮铮的汉子，心端性直，绝无邪佞。记得自己当年被老县长半强半就与他成亲时，说心里话，唯一看得他上眼的就是这一条。从恋爱、结婚直至今天，她经常想起老傅就有些好笑：这个人真像千里送京娘的赵匡胤！那天早上的事，自己一清二楚，所有流言，无稽至极！可是自己怎么办？向大家解释？没有人信不说，还要招人耻笑。跟人家翻脸？你根本就找不到债主冤头，无从谈起。唉！刀架心头上——忍吧！难道毫无根据就真要处理了？不可能，在这点上是可以相信组织的。

　　不管是不是处理吧，反正这一次更快。当天下午，政治处就通知代冰移交工作。组织部来了调令，要她到"支援铁路建设办公室"去上班。

　　这一下，人们轰地震翻了！信与不信，大家都在心里写下了四个字："真有此事？！"稍有不同的是有的画的问号，有的画的是惊叹号。

　　方贞园什么都不顾了，直奔党委而去。有人如此不负责任地诬蔑党委副书记，他们还不闻不问，太不像话了！

　　"郑书记，局里有人说老傅的脏话，你们没听说？为什么不解释？"

　　郑义桐是属于在心里对这件事画问号的人。不过，他很严肃，没有方贞园那么激动："冷静一点儿，冷静一点儿！方贞园同志！有组织嘛，啊……我们要解释的，你放心。不过，怎么解释？多大范围？向谁说？……不好办哪。"

　　"不管怎么样，代冰的调令一下来，不就更证实了那些谣言了吗？"

"方贞园同志，你看看你这是干什么嘛！你和老傅同志是多年的夫妇了，连你听到这个谣言也是这么冲动，人家会怎么想呢？你首先就应该信任他嘛！"郑义桐看了看满腹委屈的方贞园，有些同情地走到她面前，十分关切地开导她，"老傅是一局之长，我们要多替他想想嘛。个人问题事小，工作问题事大嘛。他现在正在第一线，工作很忙，我们能让他再分心吗？"

看见郑义桐这么体贴别人，方贞园趁机提出了要求，在没向群众解释清楚之前，暂时不要让代冰走，这才是对老傅负责的做法。恰恰在这一点上，郑义桐没有丝毫让步的余地："不行，调令已下，成命不能收回！"他转而又显出了关心："这不过是一种巧合嘛。也好，赶快让代冰走了，这些流言蜚语也就自然而然地消失了。党委是相信老傅的，你就放心吧。"

难道事情真有那么巧？巧得就像将一粒芝麻从屋顶上扔下来，正好落在一根针眼儿里一样？代冰刚刚办完手续，局里就听说地委已经停止了傅局长的工作，让他火速赶回来反省问题。人们还没敢确信，就亲眼看见郭小成登上了吉普车，去接替傅局长的工作。望着远去的小车，人们惊悸地咋着舌头，三个一堆、五个一群地公开讨论起来，连给个什么处分也列入争论的议程上了……

方贞园对老傅说着这些话时，泪水一遍又一遍地淌湿了她的面颊。几天来郁积在胸中的一股恶水，当着亲人的面尽情倾泻了出来。

傅连山听说那八个人被人作梗还未落实，很不高兴；听到郭小成走了，又为梁友汉失去了一名好助手叹惜；霎时间就是梁友汉，泥菩萨过河，自己都保不住了。这是要砍掉自己的臂膀啊！他震惊了。紧接着又挨了劈面一闷棍，污言秽语直冲自己而来！傅连山不由得指尖发冷，毛发倒竖，豹眼圆睁，鼻翼翕动！他盛怒地在屋内无目的地搜寻着，像头发了狂的雄狮急于要找到对手一样。如果造出这些无聊言语的角色就在这间屋子里，他一定会毫不迟疑地猛扑过去，当胸就是一拳！

方贞园从来没有看见过他这样子，他已经失了态！他受了刺激！方贞园后怕起来，担心他的神经要出毛病。她赶快把他的茶杯续满滚水，递到他手上，声音都在打战："连……连山，你怎……怎么了？你呀，比我还……还听不得冤枉话吗？算……算了。别让脏水污……污了自己的耳……耳朵……"

"叭——"茶杯柄在傅连山手上断作两截！

"连山——"

方贞园扑到他身上，紧紧地搂着他，放声痛哭起来。她急呀，再待下去天知道还会出什么事。她疼啊，看见自己精神上和感情上唯一的支柱受到这么大的伤害，她剜心挖骨一般地疼啊！

"砰砰砰。"

外面有人敲门……

方贞园一弹而起，用自己的身体护住老傅，像是怕被人抢去似的。

"谁？"

没有回答，又敲了两下门。夜静更深，敲门声显得格外响。

傅连山将方贞园轻轻拉开，站起身来。但没等他迈步，方贞园就抢在他前头，走过去打开房门……

"哦……"方贞园一掩口，轻轻惊叫了一声，傅连山一看也愣住了。夫妇俩万万没有想到，来人竟会是她——代冰！

"明天一早我就走了。有几句话想对你们说说，"代冰脸庞略略消瘦了一些，但神态尚自若，只是口气有几分凄凉，"可以吗？"

"可以可以，快请进来吧！"

方贞园亲昵地把代冰让进了屋内。这些天，她受了多少委屈呀？作为一个女人，方贞园知道要顶住这些，需要多么大的勇气，换了一个人，说不定早上吊了！都是受了老傅的连累，她才蒙受了这不白之冤哪！方贞园望着代冰那苍白的脸，望着她那微微颤动着的、失去了血色的嘴唇，心中万分不忍。她赶快把代冰拉到长沙发上，让她紧紧地依偎在自己身旁，伸出一只手去搭在她的后颈上，仿佛一位大姐姐温柔地守护着自己的受了惊的小妹妹一般。

代冰突然获得了方贞园无瑕的信任，无异于从冰窟里突然掉进了火炉中。她解除了长期以来冷若冰霜的表情，内心中深深埋藏的真情实感再也堵抑不住，一齐奔放出来。她一头扑进方贞园的怀里，哇的一声，泪涌如泉，差点儿哭闭了气。

"小代！小代！不要哭。身正不怕影子斜，啊？世上只有鬼怕人，哪有人怕鬼的道理？啊？别……别哭……"方贞园嘴里说得很硬，眼泪却陪着她簌簌地往外流……

傅连山一直沉默着。让她哭吧，把冤屈寄托在泪水中，总可以流出来一些吧？他转过身去，倒了一杯开水，冲了点儿麦乳精，无声地端过来，放在代冰的面前。

代冰渐渐地缓过气来，她看了看傅连山，又看了看方贞园，木讷自语道："我这是怎么了？我这是在干什么？"

她强笑了一下，擦干了自己的眼泪："有件事，想告诉你们。那张字条，是我悄悄地放到你们家里的。可惜你们没有听我的劝告……而且我自己也没有那样做。老傅同志，现在，因为你，牵涉到了一批人，不客气地说，我也……"

　　代冰叹了口气，语气突然自悲自弃起来："我当然不怪别人，谁想欺负我还不容易？一个孤孀独寡，又是一身的刺……嘿嘿，我真想死了脸皮，再嫁给一个土皇帝，偏偏我又像个人，唉，毫无办法！"

　　"小代……"

　　"老傅同志，他们说我对你一见钟情，好像你就是个天生的美男子，活潘安，真好笑！不过，他们倒说对了一半。你知道吗？我见到你来这里后雄心勃勃地想干一番事业，马上就想起了我那死去九年多的丈夫……"

　　代冰哽咽了一下，还是接着说了下去："他刚从大学毕业分配到这里的时候，仗着一身的本事，出身又好，一来就在县技术革新办公室当了个小官儿，那气势就跟你一样，雄心比你不会差。可是……他什么也没干成。空有满身技术，就是施展不开。这头按下去了，那头又翘起来。直到临死之前，他才明白过来。弥留之际……他眼睛里已经没有了泪水，没有了光泽……他拉着我的手，指着窗外幼儿园的跷跷板，他说，你……发现没有？跷跷板为什么总是一头下地，一头翘起？你看，你看，因为它直……它宁折不弯。如果它像弓那样弯曲了自己的脊梁骨，不就能两头着地了……不能直呀，小代，记住，千万不能直呀……他死了！让他死吧……可是老傅同志，你还活着呀，活着多好，为什么要不得好死……"

代冰说得极平淡又缓慢，始终是一个节奏。傅连山夫妇静静地听着，只能是听，欲劝无词。

"我为什么要说他呢？说到他，我……我这心里就……老傅同志，我发现你在步他的后尘，才……提醒你一下。我佩服你的勇气和魄力，我也佩服你的为人，刚正不阿……可是，在某些地方，热情和才智是会遭到习惯的妒恨的，是会受到权势的压抑的。如果你锋芒太露，最终只能得到个被碾碎的悲惨结局，比如我丈夫……他就没有看穿红尘。他千不该万不该的就是把国家呀，人民哪看得大了点儿，把地方啊，顶头上司呀，看得小了点儿。也好，他总算解脱了。老傅，你打算什么时候解脱呢？"

不知什么时候，傅连山把那只折断了的茶杯柄拿到了手上，颠过来倒过去地把玩着。代冰的话，听起来有些偏激，但有些人生的哲理却是现实。人人心中都有的，只是表达方式不同而已。

"天晚了，我也不说废话了。本来想开导你几句的，也是开导我自己吧。明天，我要去修铁路了。我能吃能喝，也能干。留下你们二位哥嫂，放心不下，丢几句话做纪念吧。对眼下这些风言风语，你们只能吃了暗亏不作声，打落门牙肚里吞。搞人身攻击，造谣诬蔑的人是不会负责任的。下调令的人当然要负责任，但他们只对调令负责。工作需要，名正言顺！虽然有人未卜先知，也不要奇怪。官办的、民办的一齐上，就当是巧合吧。为什么这么巧？因为我们把天看得太大了，把地看得太小了。中国几千年来的封建统治，诸侯割据，占地集权，这一切是不以朝代的变迁为转移的。历史上也有那么几位文韬武略的英烈人物，曾经想一统天下，但是合久必分，宏图大业挡不住诸侯争权，终究还是毁于一旦。祖先的这些精华，今天仍然根深蒂固，有的因袭下来，有的潜移默化过来，有的竟被合法地保护起来……老傅哇，佳津不是马虎地方，山高皇帝远哪！俗话说：入山问禁，入乡随俗哇！我知道你是个顶天立地的人，从内心来说，我也不想劝你回头。可是眼下……唉！你……好自为之吧！"

代冰想不出什么话来表达自己的意思，也实在不想再说下去。但她毕竟没有尽意，站起来后，半天没有挪步。她望望傅连山，又望望方贞园，这两口子，曾经以他们的身体力行，点燃了自己对事业的希望之火，他们是自己这一生中难得再遇的好人！她喉头一阵阵发紧，明天就要分别了，什么时候能再相逢呢？

"再见……"代冰声音发着抖。

傅连山感到胸中一阵痉挛，推上一股热流来，直冲鼻梁，酸楚交加，眼眶内已盈满眼泪。他紧握着代冰那小而粗糙的手，久久没有松开。

十九

昨晚，正当代冰满腔愤怒地向傅连山夫妇发表那番"醒世恒言"时，地委郭书记正好把郑义桐和大王喊到自己家里，对他们告诫了不少"喻世明言"。

"党委里头有人传这种谣言吗？"郭书记冷冷地问道。由于他是背对着他们的，所以看不清他脸上的表情。

"没有。这个我清楚。"郑义桐担保道。

"对这种话……你有什么看法？"

"这是不可能的事。"郑义桐未加思索，"像傅连山这种类型的干部，在生活作风上倒是可以信任的。这个人我摸得准。尤其在目前，他的处境并不……就更不可能把心思用在这些弯弯拐拐上了。”

“那为什么不向群众做解释工作？”

“什么？”郑义桐很意外。他一眼看见了从外屋里拎了一瓶开水走进来的大王，便很严肃地责问起来：“小王！我昨天让你给他们说说，不许不负责任地说这些话，你怎么……”

“唉！叫我怎么说嘛！”大王放下暖壶，好像非常为难，“俗语说得有道理呀。无风不起浪嘛。完全断定是谣言……嘿嘿，恐怕……”

“乱弹琴！”郭书记突然怒发冲冠地转过身来，脸色很难看，“你这是帮倒忙！瞎胡闹！干了这么多年政治工作了，眼光还是这么短浅？你知道这些谣言会引起什么后果吗？唵！”

这一嚷，可把大王吓得不轻，嘴张开了半天没合拢来。他急速地转动着眼珠子，怎么也想不出自己卡在哪个地方了，引得郭书记这么大伤脑筋。

郭书记愤愤地走到椅子旁，一屁股就蹾了上去。他狠狠地瞪着大王，好一阵子才缓了一口气，伸过手将另一把椅子拖到自己身边：“坐下吧！”

“哎哎！”大王忙不迭地依傍着郭书记坐了下来，诚惶诚恐地看着郭书记的脸，聚精会神地期待着他的指教。

“你呀！叫我怎么说你才好呢？唵？过去我们挨了林彪、‘四人帮’多少整啊！他们就专靠制造莫须有的罪名过日子。算什么玩意儿？可耻！我最反对搞小动作背后伤人。要光明正大嘛！地委有地委的安排，工作需要嘛，还怕调不动人？听任这么一些谣言夹在当中凑热闹，干什么这是？唵？明白的人倒好，不明白的人呢？还当是我们想着法子整人，我用得着吗？哼！”

郭书记手上的烟头积了好长一截白灰，由于气愤，不小心掉到了那条涤纶裤子上。他一口气就把烟灰吹得无影无踪。

"啊——"大王茅塞顿开，"对对对！我怎么就没重视这个呢？真是！光看到这么多人传谣，就觉得他太不得人心了，怕解释起来有困难，就知难而退……失职，严重的失职！"

郑义桐也觉得实在不像话，越来越坐不住了。他看了看表，站起身来："我马上去布置一下，明天上班第一件事就处理这些谣言。"

这些事傅连山当然不知道。今天，他天不亮就起了床。他觉得有很多了而未了的事，不能让它就这样不了了之。吃完早饭，清点好东西，提着包就出了门。

他顺着路走着，来到一个交叉路口，他站住了，往哪边走呢？

往右是到梁友汉家去的路。从昨天晚上直到今天早上，他最记挂的还是梁友汉。他知道梁友汉那不发则已，一发惊人的死犟劲儿上来了，除了自己没人能劝醒他。想到这里，脚向右边迈去……

且慢！人家正在说自己同他一前一后地搞名堂，这一去，好！又有话柄了。梁友汉的一举一动，又会说是我们密谋的，自己倒无所谓，对他可大不利了。不，不能去。

中间这条路是往局办公楼去的。对，应该同郑义桐谈谈，梁友汉不能调走。这不是我的什么臂膀，他是局里的技术大梁，党委应该向组织部提出不同的意见来……

等一等！几个月来，对党委这些同志已经从不满变成了同情，他们实在应该引起大家的怜悯才好。在这些同志的心目中，再也没有谁比郭书记更英明的了，不但对他言听计从，而且奉为圣经。你要他们提出不同的意见？我的祖宗爷，您免开尊口吧！但是……还得去找找他，有些事还要说说，个人委屈事小，搞得全局人心惶惶，对工作不利嘛……

别急！这话自己说算怎么回事？你害怕了？心中有冷病见不得冰碴儿了？呸，去你的吧！不信几把纸绢扇子就能扇倒了城墙！不去了！

左边这条路可以通到地委，嗯，找郭书记去……

站住！你怎么了？全地区四百多万张嘴就他那张说了算数，这一点还没领教够？目前局里有些人正在说自己藐视地委，难道还要给他们提供口实？说"打了一个耳光"嫌轻了，非要人家说成"捅了门卫一刀"才够劲儿？

傅连山在路口徘徊了大半天，怎么也拿不定主意，他愤恨起自己来。真见鬼！日头出来好高了，天空是通亮的，大地是明朗的；脚底下就是路，方向是清楚的，路面是平坦的，为什么就是迈不开步子？

不，路是要走的！给省里挂个电话去。王局长也真是的，这里快撑不住了，你倒安闲起来了。问也不问一声，你还得管嘛！我都不怕难道你倒害怕了？也可能他不大了解情况？对，应该找找他。这没有什么嘛，要不，进邮局时先看清楚周围有没有局里的人……不，不怕，万一有人问起，我就说是汇报业务工作……唉！什么业务工作？简直跟地下工作差不多了！

走出电业局的大门时，门卫把傅连山叫住了："傅局长，您上哪儿去？"

"啊？……你问这个干什么？"老傅十分敏感地反问道。

"这儿有您的一封信，来了好几天了。您在工地上，没法送。"

傅连山这才放下心来，接过了信。一看封皮上的字，他就知道，王局长写来的。他赶忙拆开，抽开信纸，夹在信中的一张小字条飘落在地上。他弯腰捡起，一看就愣了：那上面画了一个惊叹号，加上了一把叉。又是什么事？他赶忙读起信来：

　　连山：我马上要走了。对你很不放心，特意赶着写来一封信，告诉你几件事，好让你心中有底，以避免一些麻烦。

　　目前的各种改革，是在整个经济体制没有动的前提下，自下而上从局部和单线开始的。成效固然很大，好处也不少，但若触犯到那些暂时无法改动的部分时，阻力也是不小的，希量力而行。

　　省委常委同意的那份报告，至今没有下文。据悉，暂时不可能下了。除了各地区有意见外，省里还有两层顾虑：一、担心其他各局也效仿此举。二、根据发展看来，不久省电业局也将归口中央电力部，属网局领导。因此，一旦省局独立，他们怕无法控制。故希望加强各地区的控制权。这是省里个别领导同志流露的，你知道就行了。唯恐你办事过于性急，特此提醒！

　　鉴于上述情况，我们应该注重处理好同地方的关系，切不能弄得太僵，反而无法工作，甚至会惹起很多麻烦。还告诉你一件事，中央在我省确建的那座大型水电站，因蓄水浸淹面积大，移民多，现施工刚开始就被迫暂停。省里为一些损失补偿问题，需再次同部里协商。也就是地方上要待价而沽。我们在其中，感到压力很大，身不由己，只好代表地方去向中央加码讨价。我尚如此，何况你呢？

连山，我们都快退休了，尽量多为党做些工作吧。再提醒你一句：无论如何要同地方搞好关系。不要把脸弄黑了再去见马克思，那就不好了！慎记！

祝

平安！

王复功　×月×日

傅连山陡地打了个寒噤，只觉得一套无形的桎梏已经牢牢地枷住了自己。王局长的信同昨晚代冰的牢骚奇妙地印证着，差不多他的每一个字都能从代冰的话中找到意义相同的不同词语。傅连山沮丧起来："难道说真是船到桥头了，不顺也得顺，不直也得直？"他很难服气，"好吧，暂时避一避，到轮训班去吧。我倒要看看这个根深到了什么地步，这个蒂固到了什么程度！"

中国人喜欢说"骑驴看唱本，咱走着瞧吧"，傅连山正是带着这种心情到干部轮训班去的。

傅连山到轮训班后，没过多少日子，就遇到了另外一件无论如何也意料不到的事。这不亚于一发长了眼睛的炮弹，准确无误地击中了仅存的一所堡垒，几乎要导致最后崩溃了。

负责干部轮训班原定在佳津地委第一招待所举办。典礼刚完，不知什么原因，又通知改地点，搬到下面一个县里去办。据说那个县离地区远，比较落后，大家边学习还可以边结合具体情况实地考察。还有个原因，大家都是负责干部，离单位近了，总有些藕断丝不断的具体工作要找到轮训班来。下去就省心了，集中思想嘛。

搬下去后，学习了十几天。生活很不错，学习也很轻松。读读文件，听听报告，小组讨论发发言，就那么回事。养精蓄锐，学完了照样使着劲儿干就是了。

这天傍晚，傅连山吃过饭，想到外面去散散步。这个县城有一种小黑蚊子很厉害，看又不容易看见，咬人的速度快得惊人，当你觉得痒起来时，它早已不见踪影。最讨厌的是毒很大，别看蚊子小，咬个坨总有大拇指头那么大，还是长圆形的。有时候一个连一个的红坨拼成一块板状，看了就让人肉麻。散步回来，顺便买盒蚊香，晚上熏它一熏可能会好点儿。

出了县招待所，斜对面第四个铺子就是县蚊香厂的门市部，门外立着一块牌子，好醒目："我厂为了提高产品质量，试制了'金枪'牌蚊香，广泛征求用户意见。试销期间，实行优惠价供应，欢迎试用。"

屋内柜台后面，除了营业员外，还有两名厂负责人在亲自推销，征询改进意见。

正好求之不得。傅连山赶紧走进了门市部，掏出钱来买蚊香。一位负责干部热情地站起来，准备接待……突然，他瞪大了眼睛："老傅!"

在这个地方谁认识自己呢？傅连山抬起头，不觉大吃一惊："沈副局长？是你?"鬼使神差般的奇遇，把傅连山闹蒙了。

"别叫副局长了!嘿嘿……"沈副局长脸上五官极不协调地苦笑了两声，"撤了!"

"什么？开玩笑!"傅连山根本就不相信。

沈副局长指着货架上一堆堆的蚊香，苦中作乐："这叫开玩笑？一个地区电业局的副局长会到这儿来当推销员？有这种事？嘿嘿，老傅，我已经荣调到这个大集体单位来了！县蚊香厂的厂长，够意思吧？哈哈哈！"

　　"你？怎么回事？为什么？啊……"眼前的事实，完全不像是闹着玩的。傅连山无论如何也想不出其中的原因。心里一急，把沈副局长拉到门外，非要问出个究竟不可。

　　"也难怪！别说是你不信，谁听了也以为是开玩笑的。连我自己，到这会儿也没缓过劲儿来，嘿嘿……唉！"他嘘出一口长气，看了看店铺内外，自嘲地一笑，伸手取过两盒蚊香塞到傅连山手上："白送你了。没事儿可以熏熏头脑。嘿，不要钱！这是我的地盘，现在由我说了算！走，咱们到河边上去聊聊。"

　　沈副局长是千真万确地被撤职了，也是千真万确地调到这个县来当蚊香厂的厂长了！怎么撤的？很简单，一个调令下来，连免带任就解决了。为什么要下调令？更简单，一句话说出口，立即见效，又干净又果断！如果你在走路的时候，无意中被一块小石子硌疼了脚，你就抬起脚来将那块小石子踢到路边水沟中去。这一系列连贯反应，难道还不容易吗？难道还用得着更多地考虑吗？

　　原来，自从傅连山到轮训班去以后，局里的生产就由沈副局长理所当然地担负起来。对他来说，这是轻车熟路。局长室椅子的皮垫上似乎还残留着热气，他舒坦地坐在上面，想到傅局长的离任，心里既痛快又有些惆然。凭良心说，这个人的工作能力是值得自己钦佩的，作风也很对自己的胃口。就是太死板了一点儿，老跟我们憋着劲儿，当然没你的好处了。局长就那么好当的？

几天以后，沈副局长有点儿顶不住神了。他觉得很多具体事同以前大不一般，很难得心应手，必须对一些重要情况尽快地拿主意。比如说，省中调所经常发下来一些运行方案，地区调度室就要根据情况做出配合。但由于自己不了解整个系统的情况，往往很难拿出一两条正确的意见来，常常弄得很尴尬。全局上下，由于突然摆脱了傅连山的约束，轻松之余，也正集中目光注视着自己：看你这三把火如何烧！党委倒是一个劲儿地给自己打气，怎奈一碰到具体事务，谁也帮不上忙，只能干着急。

尤其使他失去了主见的是自己带来的那帮技术干部和工人。他们跟着梁友汉干了些日子，又到省里和几个地区去培了一段时间的训，现在对他们可得"士别三日，即更刮目相待"了。你想指挥他们，要说出个道道来才行。否则，发火也没有用。有一次，沈副局长到马嘶桥调度室去，要他们给一个电厂下命令，让他们的备用机组半小时之内投入运行，调度人员马上提出异议："沈副局长，这不行。备用机刚检修完毕，投入运行前应该不带负荷空转一段时间。"

"来不及了，让他马上启动吧。备用机没问题，我知道。"

"那也不行，至少要从零级逐步升压。"

"用不着，下命令吧。"

"不符合规程的命令我不能下。"

"听你的还是听我的？啊？"

"照章办事。出了事故是要负法律责任的。如果您硬要违章，请您签个字吧。"

真厉害！钢笔都递过来了，看你怎么办。沈副局长进退维谷，好不为难！幸亏一位从前沾领过他的恩惠的技术员灵机一动，打了个圆场："不空转运行，只从零级升压，也是可以的。不过技术部门得同意才行。沈副局长，你是不是同他们商量一下？"

这就暗示他：从零升压是不能违反的，你就同意吧。这样一来你"不准空转"的命令也能生效，既修正了自己的意见，又保住了面子。至于同技术科商量，分明是给你一个下台的梯子嘛。

"那……我去找技术科商量一下就来。"

沈副局长装作找技术科"商量"，走到外面，吸了支烟，蹲了一刻钟的茅坑，又走进了调度室："我们商量的意见：不用空转，从零级升压，运转正常后投入运行。就这样下命令吧！"

好家伙，差点儿没憋出毛病来！这样的事三天内就发生了四起，弄得沈副局长精疲力竭。他妈的，看来这真菩萨面前是烧不得假香的呀！空闲的时候，他还真怀念起傅连山来。不久前自己还面对面地当着众人同他较量，实在有些羞愧。想不到那句话应到了自己头上：这个局长就那么好当的呀！不过，沈副局长也是个有志气的人，他并不自暴自弃，你傅连山也没有两个脑袋，你能行我就不行？瞧着吧，总要赶上你！

又过了几天，沈副局长突然接到了郭书记的电话："怎么搞的？郊区银盆公社为什么停电了？"

"我问问看。"

沈副局长一问，原来是这一段时间天气久旱不雨，电力紧张起来。地调接到上头的命令，压了市区近郊的负荷，以保证下面县里的抗旱用电。

"那你想想办法，压别处的。银盆公社要马上送电来。"郭书记又对他下了命令。

压哪儿的呢？农村千百吨粮食要水喝，这不能压。市区还有另外两条线，其中一条连着米厂、水厂等单位，那是不能停的；另一路更不能停，那里有几座冶炼厂、军工单位，还有几家医院，人命关天。银盆公社那条线眼下并没有特殊情况嘛。沈副局长只好又给郭书记挂了个电话，暂时无法可想。

他哪知道，郭书记此刻正在银盆公社机械化养鸡场里满面春风地拍电影呢！有一家制片厂到佳津来，准备拍一部反映开展多种经营，由穷变富的新闻片。其中有一组镜头是介绍地委领导亲自抓多种经营的内容，因此，郭书记非常重视。他亲自陪同摄制组开到银盆公社，很简单地吃了个便饭，刚到拍摄现场，正好停了电，一下就傻了眼。饲料机不转了，输送带不走了，强光灯不亮了，摄影机也跟废铁差不多了。还有更严重的呢，有一批鸡蛋经过孵化，毛茸茸的小鸡崽马上就要啄壳而出了！电影脚本上就分了不少这样的镜头："特写：一只蛋壳破为两半，小鸡抖动着绒毛走出来……"这下可好，一停电，你就是撒完所有的细饲料，也是枉费精神！不过，郭书记并不着急，一顺手就给沈副局长挂了这个电话。

一听说无法可想，郭书记就来火了："什么无法可想？唵？电是死的人是活的嘛。大活人还能让尿给憋死了？唵？这儿的工作非常重要，成绩向全国一宣传，将给我们地区带来多大的好处？你明白吗？唵？明白还说这些干什么？把闸推上去嘛……什么？超了？超就超嘛，多给几个钱的事，算得了什么……"

这可不是那么简单的事哟！几个钱就解决了？可是，对他又很难说清楚，真要命！要在以前，沈副局长说不定就推闸送电了。但是，这一段时间以来，他对系统情况也憋出了个大概，现

202

在可不敢乱来了："郭书记，恐怕不行……你听我说，这得请示中调所同意……"

"什么中调？俺？地委说话就不算数了？听你的还是听我的？俺？"

"……不不，不能这么说，组织领导上当然听你的。但这是业务上的事，还得听中调的……"

郭书记最忌讳的就是这句话，他的火一蹿就上来了！正想发作，那位电影导演过来浇油了："郭书记呀，怕不行了。小鸡啄破蛋壳的镜头没法拍了，您看，全出来了！"

郭书记一看，可不，全砸了！那几位摄影师已经开始收捡着机子，准备往箱子里装……

"你们等一下，稍等一下！"郭书记急得手足无措，对着电话话筒猛喊起来，"你马上给我送电来，再困难也得送……什么？你敢这样？我不管！十分钟之内。不送电我撤了你！"

"就这么回事。"沈副局长的故事说完了，他弯腰捡起一块瓦片，"中调没同意，我也没有推闸。行了！说撤就撤啦！"

他将手中的瓦片向河面掷去，瓦片在水面上只画了几圈漪纹，便无声无息地沉入了水底，泡泡都没有冒起一个。

傅连山眼光追随着那块瓦片，一直到它沉了下去，才抬起头来，望着沈副局长，心里像翻了五味瓶，说不出是什么滋味。就是他，处处忠心耿耿地维护地区的利益，甚至不惜肝脑涂地！就是他，为了巩固地区对电业局的控制，曾经特别卖力地与自己设梗作对！这么一个人，也会被挤出庭外？他是地方上一手培养出来的干部，又深得上级信任，这当怎么解释？这也是地方上排挤省局的人吗？这也是过去人们认为的"地方派"和"外来派"的矛盾吗?

不对!这是一种可怕的专制统治!他不容许任何冒犯!他用他的锄头经营着他的宝地,一切有碍于他的既得利益的,不管是外面扔进来的石头还是自己宝地里生出来的杂草,都在被铲除之列!尽管杂草还吸收过他的养料。

傅连山毛骨悚然:现在就剩下我了!恐怕也是盘子里的小菜,要吃也不过就是一伸筷子的事了。轮训班还剩十来天就要结业了,能延长一个月,不,再延长他半年或者一年该有多好哇……

二十

傅连山没有听到轮训班要延期的消息,却接到了要他提前回局里去工作的通知。他什么也没说,不能说二话,这在他心里早已领教够了。

通知来了后,间或他也有点儿高兴,工作终究是比闲着要愉快些的。好比一个抽了多年烟的人,瘾头生了根。尽管医生、同志、家人一齐劝阻,甚至自己也知道再抽烟就会生癌症,一想起它的后果就怵怕,但是只要人家又递上烟来,他总是高兴抽的。除非他根本就不会抽烟。

来接傅连山的吉普车刚上路,乌云就像铺地毯似的滚了过来。转眼之间,蚕豆粒儿大的雨点噼噼啪啪地甩在小车的玻璃挡板上。不到一会儿工夫,大雨倾盆而至,来势那么凶猛,像是无数条高压水龙向地面喷射的水柱,路面上溅起了厚厚一层雾气。云越压越低,几乎与路面的水雾合为一体。

这种怪天气,大白天行车,几步远的地方就看不清了。司机降低车速，打开车灯，抻直了脖子，大睁着眼睛，嘴里咕咕哝哝地咒骂着。刮雨器早已不起作用了，刮过来刮过去都是泡在水中，一片模糊。

由于车体的接合部不严密，有几处地方同时漏进水来。水滴到仪表盘上，飞起了一阵阵水沫，直溅到傅连山的脸上，他觉得冷起来。

一连下了几天雨，昨天刚停，偏偏今天要回局里去，雨又下了，下得这么邪门儿！这又是个什么兆头？记得来佳津前，王局长指着月亮说是好兆头，还说是圆圆满满的，哼！看来他打卦还没有入门。倒不如自己来测测字，占个凶吉消遣消遣。反正在车上也无事可做嘛。测什么字呢？傅连山看了看窗外，好大的雨呀！对，就测"大雨"二字吧。嗯……"大""雨"。"大"字拆开是"一"字和"人"字，"一人"是什么意思？指的是谁？不管它，再看看"雨"字。这个雨字可不好拆，怎么拆怎么不像个意思……慢！雨字下半部中间是"口"字不要下面一横，像个天棚罩。里头有四小点，全被罩在下面了。不知是自觉自愿还是被迫，总不出来看看罩子外头是什么天地，反正法定只能在天棚罩的统治之内，弓着身子，俯首听命。正中间那一竖倒是很有寓意，它就是不甘束缚，顽强地突破了割据起来的天棚罩，就是要联系到更广大一些的天地。但是，道高一尺，魔高一丈。上面那一横把它压得死去活来，它只好到此死心了。这是天经地义的。要是这一竖出了头，就是不折不扣的大逆不道：祖祖辈辈几千年传下来的字就是这么写的！哦，前面那"一人"二字，就是指这个天棚罩的领主了。"雨"字中的一切，都由一个人来主宰！

"不不！怎么测成了这个意思呢？"傅连山自言自语起来。这一定是自己的主观意识在作怪！赶快把思路同"大雨"斩断吧。我怎么啦！为什么要测字呢？测字能说明什么吗？荒唐！太荒唐了！

傅连山测字的初衷是想玩玩无稽的游戏来消磨一下时间，丝毫也没有当真的念头。不知道为什么，信手拈来的字一下就测成了这种解释。他当然是不会信奉这种愚昧至极的玩意儿的，但是这么一测，倒把他测得忧悒起来。

说声回去，车就来了，倒是非常便当的。回去以后怎么工作，恐怕就不那么便当了吧？本来，电业局这种改革是能够加快四化建设的，可是，目前这种经过刀砍斧凿的班子，一眼看上去就是不伦不类，非驴非马。各种作用力互相钳制、互相抵消。管理方法远远落后于形势的要求，但因为很多微妙的人事关系牵扯，根本无法啃动。技术设计很不合理，但因为眼前能给地方上带来一些薄利，就被视为家珍。数不清的矛盾、说不尽的难处、吐不完的苦衷……唉！辛辛苦苦点起来的一把烈火，还未将水烧热，就被人釜底抽薪、冷水淋头。还谈什么加快步伐？已经成了阻碍四化的障碍物了！

是因为自己的工作不够细致？嗯，这也应该承认。可是最初好端端地同你商量，不同意你就说不同意的道理吧，偏偏要动不动就以权势压人，一次两次三次！谁吃这个？泥人也有个土性嘛！

这个性子嘛……可能就是吃了它的亏？王局长再三提醒要同地方搞好关系，怎么搞才搞得好？当然，首先要尊重他。不过什么才叫尊重？要像过去那样君君臣臣父父子子，礼仪周全？不！在自己看来，同志之间，真诚相待，为了党的利益，敢于阐述不同意见，不脱离客观实际，不搞老子天下第一，不搞个人恩怨，这就是尊重嘛。可是，在郭书记看来，他就是指黑为白，也要求人家绝对服从，别人只能绝对盲从。他就是地方，尊重他才叫尊重了地方，这怎么办得到？郭书记是有些缺点的，他那工作作风和工作方法，还有那脾气……但这又仿佛算不了什么，常常是因为维护本辖区利益而引起的。作为地方父母官，也无多指责之处。怪就怪在地方和全局有那么多不可调和的矛盾，俗话说，大河涨水小河满，大河无水小河干，难道全局好了，地方就非吃亏不可？同样，地方利益保住了，全局就一定搞不好？全局不也是一块一块的地方组成的吗？不，问题不在这里。在哪儿呢？

傅连山被这个简单的道理纠缠得迷惑起来，他觉得在目前这种状况下，你的着眼点不知搁在哪儿才好。恰好比你带着一部照相机来到野外，需要给他照一个特写镜头一样。你把焦距定远了，背景看得清清楚楚，可是，面前这个人头就模糊得没一点儿轮廓。你若把焦距定近一点儿，这个人的头部、鼻眼耳嘴甚至连睫毛都清晰起来，但是，整个背景却成了灰蒙蒙的一片，完全同这个人头脱离了。那么，这一次回去，我的焦距应该如何定？

傅连山头绪还没有理出来，昏昏晕晕地就回到了电业局。

怪不得如此急如星火地把傅连山召了回来，这几天来，由于各种各样的原因，本区系统内的电网犹如金蛇狂舞，四处翻滚，简直招架不住了！

随着暴雨连天，不少地方洪水猛涨猛跌，水电厂紧张得透不过气来。有些地方围堰内积水如湖，吞没了大片农田。大型排灌站一起开动抽水机，负荷猛增，电表指针经常打到了顶！电压也无法升起来，马达使用的电压比额定值低了一二十伏，温度剧升。接二连三地烧了不少台。

调度室乱了套！一会儿这里不行了，一会儿那里又告急了。开关不断跳开、保险经常熔掉、报警器此起彼伏地叫、电话铃追着屁股响，真是焦头烂额，不亦乐乎！有一次，竟把大电网直配线的总开关跳了。大电网突然甩掉了一个地区二三十万负荷，立即打乱了同步平衡，引起了波动。这些够上"事故"的事几天内就记录了不少，还有那些够不上事故，运行部门叫作"障碍"的事，就不知道有多少了。还有一种糟糕情况：一个事故出现，运行人员头脑中分析不出原因来，还得赶快处理。匆忙之中，一个操作错误，立即引起连锁反应，事故越扩越大。当事人那个急呀！鼻尖上吊着黄豆粒大的汗珠，背心上像火灼一般。越急就越怕，越怕就越不知该怎么办才好，绝望之余，真恨不得一刀抹了脖子！

局里动员了所有的力量来应付这个险情。但是，有经验的人做不了主；懂得一些的人不敢做主；而做得了主又敢做主的人恰好是既无经验又一窍不通。政治处的大王主任在这危急关头，一马当先，精神抖擞，接连几天几夜地守在调度室，嗓子都喊哑了。他起的作用就是不断地将郭书记的命令颁布给大家，电话听筒被他握出了五个指印。

郭书记这一段时间忘了吃饭，忘了睡觉，来往奔波于狂风暴雨中的抗洪抢险第一线。眼看刚刚插下去的晚稻田成了一片汪洋，他眼睛都红了！"排涝！快！筑堤！快！送电来！送电来！快！"步话机装在吉普车上，一道一道的命令直接下到大王的耳朵里。没有比这更紧急的了，因此也无法考虑你能不能执行，或者执行了有没有作用，根本不用考虑这个问题，除非不说！天可怜见，一个人的力气有多大？你霸蛮让他左肩上压三百斤，右肩上扛四百斤，头上再压五百斤，两手再提六百斤，他怎么不塌下去？

正在全区电网危如累卵的时候，傅连山"奉诏回兵解围"，赶到了局里。

路上太难走了。有些低洼处，水漫上路面一两尺高，吉普车开上去，轮子都看不见了，差不多成了一条船，老傅和司机就听天由命地泡在水里。幸亏走得早，再晚一步，水就会漫到车顶上。一路上饱经折磨，晚上九点才赶回佳津。

汽车开到局里后，机关里已经看不见几个人影。老傅关照司机快去换衣服，不要受凉感冒了，自己也提着旅行袋，磕着门牙向家里跑去。

暴雨一直没有停，连弱下来的意思也没有。院子里下水道排水不及，也涨起了齐脚背深的水，走在上面，鞋子里呱唧呱唧地响。伞也没有一把，只好硬着头皮淋吧。好在全身早已经湿透，打伞也强不了多少。

刚刚走进宿舍区，可怕的情景出现了！漆黑的天空猛地发出雪亮的、惨白的光来，是那么的强，犹如成千上万只巨型探照灯同时打开，又是那么的亮，远近的一切景物霎时间变得清清楚楚。只不过都是淡蓝色的，使人觉得好像突然跌进了阴间世界，心惊肉跳！

这阵吓人的光忽闪了几次，余光未尽，天空中又一道刺人眼底的断缝般的强光颤抖地闪现了，像一根巨大无比的枯树枝，从天上一直连到地下。宿舍区里发出了尖叫声，无论是男人还是女人，都被这种恐怖的现象吓得胆战心惊！

人们还没缓过气来，天灵盖上突然爆发了一声巨响，整个宇宙都共鸣起来，耳朵都要震聋了。傅连山站在水里，虽然已做了思想准备，张大着嘴等待着这声霹雳，但当雷声惊天动地地炸响时，他只觉得两腿一软，差点儿瘫痪下去。跟着，从远处又传来一阵哗哗哗的声音，像一大堆竹子从山顶滚泻下来，到了头顶上，又是一阵更大的爆裂声……大地颤动着，窗户上的玻璃发出了刺耳的响声。

最后那声巨雷最为可怕，其势如劈山倒海，人的骨头也差点儿被它击散了架！更吓人的是，随着巨雷的炸响，大地霎时间一点儿光亮也没有了！路灯一齐熄灭，能看见的所有窗户眼同时黑了！老天似乎达到了目的，到这个时候才将淫威发泄完毕。一时间，停了闪电，住了惊雷，天空墨一般的黑，四周死一般的静，就仿佛到了世界的末日……

"糟糕！出事啦！"

凭着多年的经验，傅连山一下就判断出来，一定是电网的哪个部分遭到了雷击破坏。他只觉得自己的心在喉咙管里跳动！他什么也没考虑，回过头就向院子外头跑去。

吉普车还停在屋檐下，司机早已跑回家避寒去了。来不及喊他了！傅连山一拧车门把手，已经上了锁，车门纹丝不动。他没有半点儿犹豫，攥紧拳头，砰的一下把车门玻璃打得碎片横飞。接着，跳上车去，哧哧几下拧下了电门开关，摸着黑儿把就将电源线绞在一起，发动引擎，腾的一下冲出了局大门，风驰电掣般地向马嘶桥飞奔而去……

市区所有的街道上，几乎没有一个行人。傅连山驾驶着汽车，挂上了最高挡，油门踏到了底，脚上还在使劲儿，恨不得将车底钢板蹬穿才好。路上的积水被车轮碾得向两边人行道上溅去好高，远远望去，像是一辆发了狂的洒水车。

一个急转弯，路中心突然出现了一个人！狂奔而来的吉普车，强烈刺眼的灯光，猛然间把他吓得惊慌失措，不知应该往哪边躲才好。

由于吉普车速度太快，眨眼之间就冲到了他的背后。喇叭再也来不及按了，傅连山两脚一齐动作，左脚蹬开离合器，右脚死死地踏住刹车，手上同时拉住了手刹杆，四只轮子一下就卡得紧紧的，发出了刺耳啸叫声……

意外的现象发生了：因为下雨，路面太滑，车速太快，突然来这么一个急刹车，惯性驱使着车子在路面上奇怪地滑行着。车头向左边猛地一歪，车尾又向右边猛地一扭，车身横了过来，仍在以很快的速度向前冲刺而去！老傅头上冷汗都冒出来了！

那人回头一看，无论躲向哪一边，无论有多快的速度，也逃脱不了死神的魔爪了！绝望之中，一种本能的、强烈的求生欲使他产生了奇特的功能：就在小车撞到他身上的一刹那，他猛地向上一个鱼跃，就像杂技运动员扑过架满钢刀和火把的圈子一样，极准确地腾起身来，匍匐着落到吉普车引擎盖上，双手死命地抠住盖板，身子紧贴在盖板上，一动也不动，牢牢地粘在车体上随车滑行了十来米远。

汽车终于头朝后，屁股朝前地停止了滑动。那人三魂六魄都吓得飞出了体外，一动也不敢动。傅连山跳下车来，借着灯光一看，惊叫起来："梁友汉？"

"啊?!……啊,老……老傅……哎呀!"梁友汉惊魂未定地从引擎盖上爬下来。

一见到梁友汉,傅连山不知从哪儿来了那么大一股火:"梁友汉!你是干什么的?局里这一段时间一个一个的事故出现,作为一个总工程师,竟然敢在家里装病?啊?明明知道老沈也走了,没人顶得上去,你却赌气不管,你跟谁赌气?啊?他娘的,这电业局又不是哪一个人的,你不懂吗?你的良心到哪儿去了嘛!"

梁友汉刚才一惊一吓,还没清醒过来,又兜头受了这么冲的一番数落,心里好不委屈。

"调令下了是不错,可你还没有走嘛!眼面前要死人了,你也不管?啊,发犟脾气比吃巧克力糖还有味儿,是不是?非要人家跪下来求你,是不是?"

梁友汉扑闪着布满红丝的眼睛,望着傅连山,一句话也说不出来,嗫嚅地低下头去。

傅连山这才注意打量了他一眼:他全身像只落汤鸡一般,头发被雨水紧贴在前额上,衣服领子上沾满了泥垢,单瘦的身子在雨中战栗着。怎么好过多地指责他呢?别说调令下了不便插手,就是插上手去,在这积患成堆的地方,他又能起多大作用?更何况从他走的方向来看,他也正是往调度室去的。唉,在这个时候,每一个有良心的人都不忍撒手哇!

"……上车吧。"傅连山再也没有说什么。时间不饶人,他调正车身,又向马嘶桥驰去。

雷电只稍稍喘息了片刻,又发起威来。马嘶桥调度室内,混乱不已。人们正在手忙脚乱地查找事故地点。总开关站里,跳下了好几个开关，由于出过几次误操作，运行人员胆子特别小，谁都害怕判断不准落个"扩大事故"的责任。

大王在这里，显得比任何人都着急。他只顾叫嚷着，一会儿催着大家赶快推闸，一会儿又催着值班长立即处理事故，开口闭口就是"工农业生产的损失""郭书记的指示"，把那些运行人员搅得人心惶惶，更加拿不定主意。

第一眼看见傅连山和梁友汉走进来的人是蹲在门边给大家烧开水的党委书记郑义桐。

"傅局长来啦！梁总，你也来了？"郑义桐一弹而起，紧紧地握住了他俩的手。

"傅局长和梁总来了！""啊！这就好了！""快！请傅局长和梁总来看看！"……

人们松了一口气，自动地让开了一条路。大王昂首挺胸地从这条路上向他们迎上来，地上虽然是铺的绝缘橡皮垫，却好像是那种迎宾用的红地毯。

"傅连山同志，刚才郭书记说你马上就来。这一下，全区的重担就交给你了。"他握了握傅连山的手。

傅连山和梁友汉迅速地查看了各种仪表和设备，根据记录的数据分析，老傅认为事故原因是"瞬时过流"。

"梁总，继电保护系统有什么异常现象？"

"瞬间电流太大，继电器已动作。"梁友汉从开关板后面伸出头来回答道。

他们又详细询查了事故前后的现象和经过，两人商量了几句，立即下了命令："A组开关跳开后，自动重复合闸后又运行了一段时间，属于外界原因引起的瞬时过流。C组情况也是这样。

可以合闸！注意，严密监视仪表！"

操作人员马上行动起来。

A组开关合上了，仪表指针只略略抬了一下，又恢复到正常位置。没有问题！

C组也合上了，一切正常！

人们轻松起来，故障果然没在这两处！

"E组开关暂不合闸，马上给七号变电站打电话询问线路情况！"梁友汉吩咐着。

七号变电站回话：停电后情况不明，正在查询之中。

傅连山记得，上一次到那儿去时，发现七号变电站的那台降压变压器已超过检修期限，是不是它的绝缘老化，被雷电击穿了呢？他接过听筒："七号，立即用摇表测试变压器的绝缘指数。"

"变压器？这不可能吧？它前面装了避雷器，保护系统也没有动作呀。"七号不太相信。

"别提那些破玩意儿啦！你们的设备已长期失修，动作不一定灵敏可靠，测试吧！"

几分钟后，七号变电站报告：降压变压器的高压线圈绝缘被击穿，匝间短路。保护开关确实失了灵，没有动作，因此引起了前几段的开关跳了闸。

事实完全证实了老傅和梁总的判断，果然是一次"越级跳闸"事故。

运行人员互相对视了一眼，由衷信服地点着头：这位局长胸有悬镜，明察秋毫。如此迅速而又准确地查出了事故因果，名不虚传！了不起！

"切开事故变压器开关，备用变压器准备投入运行！"傅连山查出了故障后，果断地甩掉溃烂点。

"准备！合上主闸！"梁总下了命令。

运行人员各就各位。经过一连串节奏鲜明、准确的操作后，电网恢复了正常供电。

人人脸上绽出了笑容，交换着欣悦的目光。

"哦。来来来！喝茶！"郑义桐递上一杯茶，傅连山伸手刚要去接，他却递给了梁友汉，"这是他的。你的在这儿呢。"

郑义桐从桌子底下取出一个行军水壶，上面的绿色油漆早已脱落，因为年岁太久，磨得白花花的了。他拧开盖子，一股浓烈的曲酒香味飘了出来："来吧，六十五度！够劲儿了吧？"

"算了吧老郑。我今天坐了一天车，已经不胜酒力了。"

"酒壮英雄胆嘛，来一口吧！"大王倒了半茶杯酒，双手献到傅连山面前……

突然，报警的蜂鸣器发出了嘟嘟的响声，红灯一熄一亮，情况又紧急起来！

傅连山呼地立起，推开茶杯，转身冲进了调度室。

载波电话机铃声急促地响了起来……

"打开录音机！"老傅喊道。

"录音机？还没买呢。"

"什么？……那就口述中调命令，用笔录！"

"是！"丁值长取过听筒。

"中调，中调，我是佳津，请讲。……我重复你的命令：因六十万千瓦主力电站水泵房进水，需暂退出网路，各区必须在五分钟之内削减负荷。佳津地区，除一级负荷外，二、三级负荷全部拉闸。完了。接到命令时间：二十三点五十三分。"

丁值长记录完毕，用请示的口气问傅连山："执行吧？"

"马上……"傅连山的手在半空中突然停住了，"……等一等。"

他大概是疯了！中调的命令还用得着等一等吗？本来他是要说"马上执行"的，但他一下子看见了自己那个打开了的旅行袋，而且他清清楚楚地看见了那两盒"金枪"牌蚊香，似乎在提醒他，不要忘了这个蚊香厂的新厂长。他犹豫了："……稍稍地等一等。"

傅连山赶快找来了郑义桐和梁友汉，对他们简明扼要地讲述了中调的命令：二、三级负荷要全部压下来，怎么办？

尾随而来的大王问道："一级为什么不压？"

"那是不能压的。一级是矿井、军事等要害用户。"丁值长向他解释。

"这就好办了！给中调说说，目前我们这里情况特殊，都是要害，就往上升它两级嘛，全部都是一级！"

"商量紧急事情，严肃一点儿！"傅连山觉得他可笑又可怜。他转向郑义桐："中调命令不能延误，马上执行吧？"

大王被傅连山抢白了一句，脸上红一阵白一阵的。他抢在郑义桐前面插了一楔子："这是大事，要请示地委同意才能执行！"

傅连山火又上来了：偏偏又被他触疼了这根敏感神经！他干脆地说："本来是可以不征求你们的意见的，考虑到……快决定吧，没时间了！"

"我马上给郭书记挂电话！"郑义桐更加着急，一转身跑向电话间。

"你……唉！"傅连山一捶大腿，干瞪眼。

"局长，中调电话，要我们马上执行命令。"丁值长喊道。

"……知道了。"傅连山像热锅上的蚂蚁。他想了一下，也向电话间跑去。

时间一秒钟一秒钟地过去了，郑义桐还没有与郭书记联系上。他的头发上冒出了阵阵热气。一面对着听筒"喂喂"地叫着，一面急不可耐地拍着电话机，看来他的心里也快燃烧起来了。傅连山只好也守在电话旁，急得团团转。

丁值长又跑了出来："局长，中调电话，主力电厂水泵房快淹没了，情况非常危急，必须停机，但就是我们的负荷没有压，中调发脾气了。"

傅连山再也忍不住了："老郑……"

"通啦！"郑义桐赶快向老傅摆了摆手。为了听得更清楚些，他用手指堵住了另一只耳朵孔。他已经找到了郭书记，把中调的命令向他汇报。

"是的，情况就是这样，你看呢……哦……是呀，也得停，对……什么？啊……这可能不行……对，对对。什么……哦，哦哦……是，是是……知道了。那就这样吧。好，好。"

谢天谢地！电话总算打完了。

"郭书记指示：怎么执行，由我们决定。"郑义桐说，"咱们三个人……哦，连梁总共四个人研究一下吧。"

"不行了我的老郑同志，再拖下去整个系统出了大事谁负责？"

"我看，是不是给中调说说，少压一点儿？"郑义桐只好长话短说了。

"你……来来来！"傅连山不知怎么说才好，干脆把郑义桐拉到载波电话机前，"你自己对中调说吧！"

"呃呃！这是干什么嘛！老傅！我这是传达郭书记的意见！"郑义桐变了脸。

"郭书记郭书记！他就是……咳！刚才你不是说他让我们决定吗？"

"话我反正都说了。你看着办吧，我又不干涉你！"

"那好吧！"傅连山又豁出来了，他一转身，刚要喊值长，大王拦住了他。

"我说，你敢负责吗？啊？"

"敢！敢！由我向郭书记做交代，没你们的事还不行吗？"他推开大王，猛喝了一声，"值长！"

"到！"丁值长憋足了劲儿，早就等着这一声呼唤了。

"拉掉主三闸、主二闸、主六闸！"傅连山下着命令，语气里充满了厌恶，"记录执行时间，算出延误时差。延误原因是……"他瞪了郑义桐和大王一眼，吞下了一口恶腥气，"延误原因，业务负责人傅连山指挥不果断。就这样写！"

负荷减下来了。傅连山知道，用不了几分钟，所有的电话就要开始"大齐唱"了。各县供电所一定会同时打电话来叫苦，要地调多给他们分配一点儿电。各种各样的"特殊情况"都会出现，这些"特殊情况"常常都是被夸大了的，甚至会要命啰，会死人啰，无奇不有。

怪哉！今天为什么这么安静？傅连山立即觉得不妙！他正想同梁友汉研究一下，有一架电话机刺耳地震响起来……

"哪里？我是地调。什么？金沟水电站？……什么什么？你说清楚点儿……啊?!"

丁值长惊慌起来。赶快把听筒递给了傅连山："局……局长！"

傅连山心中已明白了八九分。他接过电话，心里直发毛："喂！你不要慌，说清楚……什么？发电机严重超载？带不起了？温升多少……啊？周波呢……什么?!"傅连山捂住话筒，眼睛里射出了怒火："老郑！金沟电站的连接方式为什么还没有改过来？"

　　郑义桐茫然地睁大了眼睛："什么连接方式？"

　　"就是我在那里搞了一多半的那个改装工程啊！"

　　"哦……你不是学习去了吗？"

　　"让郭小成接着干的呢？为什么停了？啊？"

　　"小郭上海南岛去学习了，地委派的。"

　　"我日他娘……这不是成心要……咳！我说今天怎么没有听见满田的蛤蟆叫！断了大电网的电，又让金沟顶了上来，这不是要金沟的命吗？金沟为什么不送大电网？改变了运行方式为什么不报地调？一直瞒到现在，出了事才打电话来？这是开玩笑的事？烧了发电机谁负责？啊？"

　　傅连山急得直跺脚，他再也不敢延误，到了千钧一发的时刻了："金沟！立即甩掉现有的所有负载！打开同步指示，并入系统运行……什么？我是谁？傅！连！山！……啊？我说了还不算数？为什么不算数……谁说我撤了？放他娘的屁……没时间了，立即执行……你敢！好好好，我的同志爷！这是国家财产，你就不心痛？"

　　简直反啦！一个堂堂的局长说话竟然不能算数？傅连山钢牙咬得咔咔响，他心里很清楚，千般怒、万般火，现在已经不是发作的时候了！就算是三口浓痰也只能强迫自己咽进去！发电机！发电机呀！抢救发电机要紧哪！傅连山仿佛被一块巨大的石头不偏不倚地压住了，绝望之余，只好胡乱搜寻着能帮自己一把的人。他一回头，看见大王正好站在自己身后。

"大……王主任哪！"为了救急，傅连山竟不惜降低自己的身价，尊称起他的官衔来，"你能给他们说说吗？这是要命的时候啦……"

"哦？嘿嘿，生产问题，我怎么好干涉呢？"一直在这里吼天吼地的大王主任，现在却悠悠然起来。他认准了一定之规：在这个时候，最好一言不发，光站在你背后，就是最好的监视站！

傅连山一下就感到了自己的失策：我怎么找到他了？成事不足败事有余的角色，呸！他骂了自己一句难听的话，掉过头去，一眼看见了郑义桐。对呀！老郑倒是目前能解救危机的可靠力量。傅连山慌不择语地呼叫起来："郑义桐书记同志……"

"啊？啊。"郑义桐眉头结出了两个疙瘩，看见傅连山急成了那副模样，他立即意识到了事情的严重性。他明明知道金沟的事没有自己开口还真行不通，但他就是没有开口。这，可不是儿戏！霎时间，一个一个的镜头飞快地在脑子里转了起来。他想起了地委对省电业部门的成见，想起了傅连山跟地区的矛盾，想起了郭书记那张铁青的脸，想起了刚才从电话里接到的严酷的训令，立即坚决起来："不！我不管这个。你知道，业务上的事我是不懂的，不能瞎指挥。"郑义桐的双手摆个不停，干干净净地表达出爱莫能助的意思。

唯有梁友汉急得背如针锥。金沟的事，连老傅说话也不灵，何况自己一个撤了职的工程师？他知道郑义桐和大王不可能出面，也知道这里头的关键在什么地方，更清楚老傅这时候的处境，心不由得提到了嗓子眼儿上！这儿的电网糟透了，全身都有慢性病。一到这种时候，百孔千疮一齐发作。而傅连山正好比是一位硬气功表演者，自己立起了一块石碑，又要用自己的脑袋来撞断它！糟糕的是他并没有运一点儿气，他以为面前立着的是微孔泡沫块！梁友汉再也不忍看下去了："老傅！快！先让他们甩掉负荷！就说不送到大电网去。只能这样了，别犹豫，救下发电机再说！"

傅连山突然被梁友汉的话点醒，没有第二条路可走了！他把这道被更改的命令下达下去。这一次灵了，金沟立即执行。

一块压在身的巨石被抛到井里。身上轻松了，井内却翻腾起来。调度室内陡然四处告急，各个县叫苦连天，呼天喊地地要电，比逼债还要凶十倍。

而金沟电站的发电机却已经安安闲闲地打起空转来。他们的控制室来电话：温度恢复正常，可以送电了。往哪儿送？电量如何分配？

傅连山已经感到自己的话在他们那里行不通了。他万般无奈，走到郑义桐面前："老郑，你来说吧，让他们送电网。整个网路吃紧，我们无论如何也得送。顾全大局要紧哪！"

"不不不！我说过了，这是业务上的事，我不便插手。"

"那你就对他们说！让他们听我的！"傅连山嗓子沙哑，愤怒得吼了起来。

"哎！我可从来没让他们不听你的呀！你这话是怎么说的？啊？不相信党委？"郑义桐正色地说道，"党委早有分工，各司其职嘛！怎么能随便就推卸责任呢？"

大王又扔出了阴阳话："唉！我要懂生产就好了。我起码不会那么吃里爬外！不去向锅里讨，反而向碗里夺。老郑，咱们外行说不起话，别在这里碍事了。走吧。"说完，真的拽住郑义桐的胳膊要走。

傅连山气得脖颈发直，只有喘气的份儿。他像是被人关进了铁罐子里，闷得头昏眼花！心中的熊熊怒火，烤干了被雨淋得透湿的衣服，燃上了冒着蒸汽的头顶："郑义桐！姓王的！你们都是共产党员，你们的党性呢？狗叼去了？实话跟你们说，好歹熬过这一晚上，咱们根盘根，底盘底，不论出个是非曲直来，算我傅连山不是他妈人养的！今晚没工夫同你们磨牙，我现在要找郭书记！给我挂电话！不挂通电话，出了任何事我都不负责！"

傅连山狂怒起来眼珠通红，十分吓人。郑义桐不敢走，只好挂通了电话。没想到郭书记的火气更大："郑义桐！你好大的胆子！我说的话就那么不起作用了？唵？现在我是泡在水里同你通电话，你知道吗？唵？你知道你的责任吗？唵？人家成心卡我们，你是吃干饭的？唵？上头拉闸，自己也拉闸？向上面讨不到，我们还有个金沟嘛，金沟电站是吃素的？为什么也拉了？唵？还要送给别处？谁这么大的胆子？唵？我早就知道傅连山会来这一手，可我对你是怎么布置的？唵？这么重要的部门在你手上，全地区几百万人民的命运也在你手上，你知道这个分量吗？看着姓傅的在挖我们的墙根，你的骨头呢？软了？散了？唵?！"

电话里的声音格外清晰，站在边上，每一个字都听得一清二楚。傅连山的心透凉透凉了。郭书记的话，一句就是一刀，刀刀穿进了他的胸膛。明白了，彻底明白了！还有什么好说的呢？傅连山只觉得遍身都在发麻，耳朵里唯有一阵响似一阵的轰鸣声，什么也听不见。空气越来越稀薄，肺叶被憋得发出咝咝咝的响声……

"郭书记，傅连山要同你通话。"郑义桐毕恭毕敬地听完训话，马上补充了这么一句。这句话在此时翻出来，用意很微妙：既可转移对方的怒气，又可将责任推给傅连山，还可以让傅连山"清醒清醒"，一箭三雕。

傅连山一切都不知道了：不知道现在还该不该接电话，不知道现在还该不该说点什么，总之是什么思想也没有。只是木然地将听筒贴到耳边……

窗外，雷声滚滚，耳机里雷声更震人，到处都在轰响着，混浊不清……

"谁？傅连山吗？你是很有本事的人，我还能对你说什么呢？顺便提醒你一句吧！我们这个小小的地区，地只有那么几垄，田只有那么几丘，人也只有那么几个，上不上得了你的眼那是你的事。不过我想，要是有人恣意违抗地委指示，玩忽职守，造成了损失，就不要怪我不事先打招呼。到了那个时候，就是我的事了！你看着办吧！"

咯噔一声，对方扔下了听筒。

傅连山的听筒仍然紧紧地贴在耳边……

"局长！各县告急……"值长大声叫起来。

傅连山站在原地，一动不动……

"局长！金沟请示运行方案！"值长又喊道。

傅连山还是那样站着，无动于衷……

"局长，中调询问运行情况！"

傅连山呆若木鸡……

梁友汉缓缓地走到他面前，望着他那麻木不仁的脸，心如刀绞："连山……不要太……太认真了。我在你身边，咱们……一起扛吧。"

"你有火柴吗?"傅连山突然伸出了巴掌,"给我!"

梁友汉狐疑了,他不知道傅连山想干什么:"你……想抽烟?"

"不,不抽。给我吧,火柴!"

梁友汉从兜里掏出火柴,惶惑地递给他。

傅连山接过火柴,痴痴地走到桌子旁,从旅行袋里取出一盒蚊香,哆哆嗦嗦地点燃了一盘,搁在屋子正当中。他虔诚地注视着冉冉飘起的缕缕青烟,任凭那芳香刺鼻的怪味萦绕在自己的脸边,头上……

"友汉,这下就好了,不会有什么事了。你回去吧。"

"轰隆——"

一声巨雷,陡地炸响在调度室的屋顶上。雷声惊醒了梁友汉,他猛然明白了一点儿什么,极恐怖地抬起头,心慌得透不过气来:"连山,你要怎么……不能啊!不不!我不走!"

傅连山朝梁友汉身边靠了靠,无限深情地伸出手去,搭在他那消瘦的肩头上,语气格外亲切:"友汉哪,你是应该回去的。别忘记了我这个一二十年的老伙计对你的……你听,这雷声……真大。"傅连山压下了千言万语,静默了好大一会儿,终于轻轻地推了推梁友汉,"快走吧。对了,告诉贞园,我回来了……算了,不告诉她吧……万一她问起,你就说……我很好,叫她不要担心,不要……等……去吧。"

雨点子突发性地大了起来,敲在玻璃上,发出很响很响的哗哗声。闪电一次又一次地染白了窗外黑洞洞的天空。借着闪电光,梁友汉发现傅连山像一尊青石浮雕像,脸上棱角分明,刻板得没有一丝丝生气，是那么的阴森，那么的可怕！

梁友汉只觉得寒气彻骨，浑身打着哆嗦，几乎站立不稳了。他扑过去，紧紧地抓住傅连山的双臂，死劲儿地摇晃起来："连山！连山……"

"回去！"傅连山语气突然严厉得吓人，"梁友汉！你已经免去了总工程师的职务，不能再待在这里了，请走吧！"

梁友汉呆了。他很僵硬地从傅连山身上松开手，脚步机械地往后退了两步，死死地盯住傅连山的脸……终于，他服从了。

"……好，我走。连山……你还有什么话……要对我说吗？"梁友汉忍住了哽咽，尽量显得平静些。

"没有！"傅连山想都不想，硬邦邦地说了这么两个字，再也没朝梁友汉望一眼。

梁友汉的眼泪忽地夺眶而出，他死劲儿地咬着嘴唇，冲出了门外……

傅连山听得脚步响，突然觉得失去了什么。他追到窗口边，一直目送着梁友汉踉踉跄跄地消失在滂沱的烟雨之中才转过身来。

"值长！值长！"傅连山嗓子快哑了。

"我在这儿呢，局长……"

"立即命令金沟电站断开网路，全部送往本区小系统，全部！"

值长吃惊了："这……"

"执行！"

"……是。"值长吓住了。他怎么啦？明明知道发电机带不起呀！

傅连山摘下载波电话听筒："中调！佳津地区情况紧急，请求增加负荷！"

"主力电站尚未恢复供电，系统情况更紧急，暂时不能增加。"

"我是傅连山！我要你给我加！"

郑义桐和大王突然睁开了惺忪的双眼，瞌睡一下就无影无踪了：还是郭书记厉害！到底把他制服住了！

中调十分诧异："傅局长，你怎么……"

"金沟水电站你知道吗？它是佳津地区的你知道吗？现在已经不行了。你给我增加一点儿负荷保一保这个宝贝！别的也不要多问了。我等着你的答复。"

虽然是老领导，中调也不敢擅作主张，马上找所长汇报。所长对佳津的详细情况非常了解，根本不须多问，就深知傅连山的处境了。他摇了好一阵电话，总算从其他地区一点一滴地调出了两万千瓦。

"傅局长，无论如何不能超，这是从大家的嘴里挤出来的呀！"中调叮嘱了一句。他知道这句话是多余的，傅局长还不懂吗？可他还是说了。

傅连山放下听筒，干咳了两声，马上行动："值长，对二级负荷送电！"

"可是……才两万哪！"

"要你送你就送！哪来那么多的废话？"傅连山暴跳如雷。

"……是。"

丁值长对地区的用电情况心里有本明细账，如果按傅局长的命令送，那么用电量就不是两万，而是二十万！下面急需用电，只要一送，肯定要抢着用，说不定一下子就要达到高峰！过去，他们经常这样超着用，真正用多少总是瞒着，只向上报个假数据。但是值长无论如何也不敢想象傅局长竟然也来这一手，而且胆子比以前那么做的人还要大十倍！又是在整个系统如此吃紧的今天！他怀疑傅局长精神失常了，但他又那么的清醒；他又怀疑自己听错了，但同时还有郑义桐和大王主任也听见了，他俩笑逐颜开。看来是不会听错……

丁值长战战兢兢地发出了这两道命令。他觉得一个十分凶险的不祥之兆已经笼罩住了这间屋子，并且马上就要降在自己的头上了……

值班记录上有一格值长签字栏，空出一个长方形的框子。丁值长拿起钢笔，眼睛发花，那个框子像什么东西？监狱的大门？犯人的镣铐？法官的审判桌？

一只手把钢笔夺了过去，两笔划掉了"值长"二字，粗粗的笔尖在白纸上落下了洗不掉的五个黑字：局长傅连山。

傅连山把钢笔伸过去，交给丁值长。他紧紧地握住了丁值长的手，那么庄重，那么吓人。

"记住！意外情况一发生，马上告诉中调，火速切掉佳津线路，就可以恢复整个电网供电，尽可能减少损失。还有……不要慌乱，按事故处理方案行动……调查时，把这个交上去，你就没事了。拜托你了！记住，给中调打电话要快，要快……"

丁值长接过值班记录本，热泪早已涌了出来："局长，你不能这样……"

"不这样，又怎样呢？"傅连山心里在滴血，他嘴角动了动，把话咽在肚里，"是的，这是要受法律制裁的。但是，在别人对我起诉时，我本身不就是对封建残余的强有力的控诉吗？"

傅连山狠着心不理睬他了。他转过身，走到休息室。郑义桐和大王正在这里聊着天。有电了，交差是没问题的了。特别是降伏了傅连山，这是值得庆贺的。明天，他们就可以大言不惭地向领导汇报这一难得的战绩了。

"你们出来!"傅连山在门口阴沉地喊道。

"老傅，有什么事吗?"

"我现在要给姓郭的打电话!"

"可以可以。你自己挂就行了。"

"挂什么地方?"

"现在是……凌晨三点十七分，嗯……你挂金沟电站。他应该到了那儿。"

"你们一起来，我当着你们的面讲活!"

"嘿! 老傅哇，别多心嘛，咱们……"

"出来! 这话你们非听不可!"

郑义桐望望大王，大王望望郑义桐：来真格儿的了?"好吧好吧，哈哈，还生我们的气?"

郭书记这一次接到电话可就大不相同了，亲热劲儿真让人受不了："连山哪? 是你吗? 哎呀，嗓子都哑了? 别太累着了，啊? 你可解决大问题了! 我代表地委……"

"够了! 别老把地委顶在自己头上，磨秃了毛就不暖和了!"傅连山横了心，不横也来不及了，吐个痛快吧!

"尊敬的郭书记! 请你耐心一点儿，听听我这几句话，听完了，也许会有点儿作用吧? 这是一个人把自己的心戳破了，淌滴出来的血!"

郭书记一怔："连山，你说吧……"

"我今天干了一件事，这件事触犯了刑事法，这件事足以毁掉我的一切！现在还能挽救，但是我想了很久，虽然我一直不愿意让它发生，可是，挽救了这件事，今后还会有更大的损失出现，我不去挽救它，不去！"

郑义桐和大王在旁边听得毛发都竖起来了！他干了些什么？我的妈呀！这么吓人？

"姓郭的，你不是很有权力吗？你可以任意撤换别人，你可以任意处分别人，我倒嫌这些太轻了，自己挑了一个更重些的：进监狱去！这你该满意了吧？你不是要别人绝对服从你吗？你不是要维护山寨的绝对利益吗？今天我来了个百分之二百的服从，这你该满意了吧？告诉你吧，眼下北西大电网主力电站退出后，负荷满到了极限，竹子扁担压弯了！破裂了！只差一点儿就要断了！我在你的高压下，把全区的负荷一股脑儿都压在这根破扁担上了！我欺骗了中调，这是为了你！万一出了事，几个地区同时受损失，这也是为了你！看吧！很快……"

突然，他张大了嘴：什么声音？不好——

呜——咔嚓！

霎时间，开关站的所有开关像是接到了口令，又像是遭到了炮击，一齐跳开了！

各种电器全部停止运行！照明电也没有了！连信号指示也没有了！

北西电网由于巨大的过电流，终于压断了扁担！主回路开关砰地跳开，电网平衡受到了致命的震荡，整个系统立即土崩瓦解！各段开关连锁反应，一个接一个地自动切离，把一个大电网割裂成无数个小块！供电运行中最可怕的事故突如其来地发生了!

"啊！啊！啊！"

傅连山发出撕心裂肺的几声惨叫，猛然转过身来，后脑勺死命地撞着墙壁，左手屈勾着五指，痉挛地揪住自己的喉管，右手高举着话筒，差不多要把它捏成粉末！

像一只被屠宰了的鸡，一阵挣扎之后，到底不动了。傅连山昏厥过去！

"老傅！连山……值长！快拿手电来，傅局长出事了!"郑义桐慌忙中摸向傅连山，头一下就碰到门框子上，金星直冒。

"啊？傅连山……他……死啦!"大王惊乍地号叫起来。

"傅局长！傅局长啊!"

丁值长心都碎了！多么难得的干部，竟然落得了这么一个下场！全局上下多少有良心的人都盼着的，盼着有一天能向你说说心里的话呀！盼着有一天能痛痛快快地跟着你干一点儿事业呀！碍着那些人当着道，这些话还没来得及对你说，你就……

丁值长什么都不顾了，黑暗中他一把揪住大王的衣领："是你们把他逼死的！你们太狠心了!"

"胡……胡说！他是畏罪自杀!"大王心里又虚又空，挣开丁值长的手，只想逃出这是非之地。没想到一转身撞到一个人身上，电灯突然亮了！大王吓得叫了起来："有鬼!"

傅连山苏复过来，摸着黑打开了蓄电池照明灯。他指着值长，说不出话来，心里一急，又是一阵昏眩……

郑义桐一个箭步赶上前来，用整个身体托住了傅连山："你……连山，你怎么啦？没……没什么事儿吧……"

丁值长明白了傅连山的意思。为了使他放心，立即奔回调度室，按他的布置处理事故。

正在这个时候，郭书记火速赶到。

"老郑呢？发生了什么事？唵？这可怎么办？唵？老傅呢？连山，连山，怎么得了？啊？谁的责任？啊？"

傅连山基本上恢复过来。他心里明白，大错已经铸成，罪过无法赦免，后果不堪饶恕。他什么也不怕了，心中只有恨！恨得全身血管都要爆裂了！

"你，你们，害怕吗？应该害怕！十分可怕……可惜，太晚了！"

"姓……姓傅的！话可得说清楚，我们可没让你干什么呀，我们一直没……没插手，要凭良心……"大王差点儿忘了自己的老行当，顾不上去想如何整材料，却先开脱起自己来。

郑义桐阻止了大王的号叫："连山哪，这……是正常的工作事故吧？对，一定是的。需要党委承担的，你就……啊？"

"不要玷辱党委，这不是正常事故，这是人为的责任事故！谁造成的？谁？谁！哈哈哈！哈哈哈哈！"

傅连山站了起来，他直勾勾地盯着郭书记，盯着郑义桐，直言不讳："别紧张！是我，是我！看你们这个样子！哈哈哈，敢做就敢当嘛！我为什么要这样做？我没办法了！我绝路了！我要用我的毁灭来震醒你们！我，付出的代价太……国家付出的代价太大了！太大了呀！"

风雨雷电被这场惊心动魄的人间事故吓得无影无踪……

世界上凡有生命的物质霎时间几乎一齐停止了新陈代谢。

万籁俱静……

唯有傅连山这凄惨的哀鸣声，穿过了空旷的大气层，直升上太空，长久地回荡着，弥留着，令人窒息……

　　我实在不想再将读者引回法庭上去，因为……该结束了！

　　为了表示这种结尾并非太草率，笔者似乎有义务还要解释一些疑问。非常遗憾的是本人自己尚未辨析清楚，故无以为答。

《收获》1981年第1期